세상에
나 혼자라고
느껴질 때

고야마 아키노리 지음 | 마현주 그림 | 최화연 옮김

세상에 나 혼자라고 느껴질 때

내 마음과 사이좋게 지내는 29가지 방법

FIKA

누구나 외로움을 느끼지 않나요?

'고독'이라고 하면 어떤 것들이 떠오르나요?

"좋아하는 사람이나 친구에게 연락이 오지 않아 외로워요."
"SNS에서 다른 사람들의 바쁜 일상을 보니 나만 뒤처지는 기분이 들어요."
"온종일 누구와도 대화하지 않으면 이런 날이 계속 이어질까 불안해져요."

누구나 한 번쯤은 느껴봤을 감정입니다. 초조함, 허무함, 우울감, 무력감……. 이외에도 여러 가지가 있습니다. 이 책에서 말하는 고독도 이런 감정을 가리킵니다. 이런 고독을 그냥 내버려두면 어떻게 될까요? 매일 타인을 질투하고, 자신의 못난 부분만을 떠올리면서 스스로를 책망하며, 더 심하게는 자신의 모습을 그대로 인정하지 못하고 회피하게 됩니다. 당연히 자기 자신에 대한 믿음도 사라집니다. 지금 내 모습으로도 충분하다는 생각이 들지 않으니 늘 불안합니다.

혹시 이런 감정을 느껴보지 않았나요? 이런 감정이 찾아오면 한없이 가라앉고 부정적인 생각만 떠오릅니다. 그런데 바로 여기, 아무리 고독해도 긍정적으로 마음먹는 방법이 있습니다.

안녕하세요. 저는 멘탈 트레이너 고야마 아키노리입니다. 제 이야기를 짧게 해볼까 합니다. 저는 한때 극심한 스트레스로 한 달 만에 체중이 15킬로그램이 빠지고 원형 탈모가 생겼던 때가 있었습니다. 모든 일이 안 풀리고 앞날이 막막하게만 느껴져 지독한 고독감에 휩싸이던 때였지요. 그런 시기에 '고독'의 존재를 깨달았습니다. 마치 내 안에 있는 또 다른 개체처럼 느껴졌습니다.

고독은 내 마음속에 사는 진정한 '나 자신'입니다. "외롭지 않은 척했지만 사실은 외로워", "사실 나는 매일 불안해"라고 말하는 진짜 마음이지요. 저는 고독의 존재를 느끼고 진짜 내 마음이 무엇인지를 깨달은 후 기분이 한결 가벼워졌습니다. 게다가 내 안에 있는 고독의 존재를 있는 그대로 받아들이고 마주하면서 이제껏 알지 못했던 나 자신을 발견했습니다. 그러자 부정적인 감정은 사라지고 하루하루가 즐거워졌습니다.

그뿐만이 아닙니다. 내 안의 고독과 사이좋게 지내는 방법을 하나씩 찾아가며 실천했더니 매일 살아내느라 괴롭기만 하던 일상이 바뀌었습니다. 어떤 일도 유연하게 대처할 수 있게 됐고, 사소한 것에 휘청거리지 않을 정도로 마음이 단단해졌습니다.

현재는 이런 경험을 살려 멘탈 트레이너로서 많은 분들에게 "지금 어떤 상황이든 어떤 상태든 당신은 그 자체로 충분히 가치 있는 사람"이라는 메시지를 전하고 있습니다.

저를 찾아온 의뢰인들을 만날 때마다 다들 각자의 고독과 마주하는 데 어려움을 겪는다는 걸 알게 됩니다. 저는 그럴 때 이런 조언을 드립니다.

"가끔은 계절 탓을 해보세요."
"일찍 자고 일찍 일어나세요."
"수요일에는 자신에게 상을 주세요."
"마음이 편한 '나만의 장소'를 만들어보세요."

'일찍 자고 일찍 일어나라고? 그렇게 당연한 얘기를!' 이런 생각이 들지는 않았나요? 자세한 이야기는 뒤에서 하겠지만, 여기에는 요령이 있습니다. 요령을 잘 활용하면 당신의 괴로운 삶을 바꾸어줄 것입니다.

외로움을 느껴도 괜찮습니다. 걱정하지 마세요. 고독은 당신의 동료이자 친구입니다. 당신을 위협하는 적이 아닙니다. 이 책에는 외로움이 찾아왔을 때 잘 대처하는 법, 고독과 사이좋게 지내는 방법이 가득 담겼습니다. 이미 그 방법을 실천한 분들의 후기를 살짝 소개하겠습니다.

"연인과 헤어진 후 날마다 하릴없이 시간을 보냈습니다. 하지만 계속 그렇게 지내고 싶진 않아서 고야마 님의 멘탈 트레이닝을 받았습니다. 덕분에 내 안의 고독과 마주하는 방법을 알게 되었고, 요즘은 지인들로부터 생기 넘친다는 말을 듣습니다."

"저는 코로나 때문에 평생 느껴보지 못했던 외로움이 찾아와 고야마 님을 만나게 되었습니다. 고야마 님의 조언으로 내 안의 고독과 잘 지내는 방법을 찾았습니다. 지금은 하고 싶은 일을 하면서 무엇이든 열심히 하고 있습니다."

고독이라는 감정은 어떻게 해도 해결할 수 없는 감정이라고 생각하나요? 그렇다면 이제 달라질 것입니다. 저와 많은 의뢰인들도 여러분과 같은 고민으로 괴로워했고, 그 고민은 '고독'의 존재를 인정하고 이해하면서 해결되었습니다.

외로워도 괜찮습니다. 누구나 외로움을 느끼지 않나요? 내 마음속에 있는 고독과 의미 있는 나날을 만들어가는 데 부디 이 책이 도움이 되기를 바랍니다.

차례

혼자라는 생각에 마음이 허전할 때
어떤 상황에서도 절대 '혼자'가 아니야

 2장

마음이 자꾸만 가라앉을 때
'우울'에서 벗어나는 데 필요한 것

3장 나만 동떨어진 느낌에 괴로울 때

'관계'의 불안을 슬기롭게 전환하기

 4장

모든 일이 꽉 막혀 답답할 때

나를 '소중한 사람'으로 여길 때 '나는 나'로 살아간다

1장

혼자라는 생각에
마음이 허전할 때

어떤 상황에서도 절대 '혼자'가 아니야

누구나 마음에 '고독'이 있습니다.

혼자라는 생각이 들면

고독의 존재를 의식하세요.

'외로움'을 모른 체하거나 얼버무리지 말고

외로움과 마주해보세요.

외로움은 나쁘지 않다

"누구와도 대화하지 않고 혼자 하루를 보내면 불안해집니다. 외로운 기분이 들지 않으려면 어떻게 해야 하나요?"

상담에서 이런 질문을 자주 받습니다. 대부분의 사람들은 '외로움', '고독'을 좋지 않은 것, 부정적인 감정으로 생각합니다. 그러나 멘탈 트레이너로서 저는 외로움이 나쁘다고 보지 않습니다. 외로움은 누구나 느끼는 감정이고 결코 해로운 것이 아닙니다.

저는 열 살 무렵부터 줄곧 야구를 했습니다. 고등학교 1학년 때 연식 야구부 소속으로 모교에서 처음으로 전국대회에 출전해 우승까지 했지만 부상을 겪으면서 번아웃 증후군이 찾아왔습니다. 그때 '이대로 나의 시계만 멈춰버린 게 아닐까?', '세상에서 나만 뒤처진 것 같아'라는 이런저런 생각으로 불안해져서 가슴이 터질 듯했습니다. 그런 상황을 벗어나고 싶어도 뭘 어떻게 해야 할지 몰라 막막하기만 했습니다.

외로움이 찾아왔을 때 가장 중요한 것은 '바깥'으로 향한 시선을 거두는 일입니다. 우리는 습관적으로 혹은 무의식중에 다른 사람과 나를 비교합니다. 지인들의 SNS를 보면서 누가 어디로 여행을 갔는지, 누가 어떤 회사에 다니는지 등을 살피고 신경 씁니다. 하지만 그러고 나면 종국에는 항상 더 외로워지고 나만 세상에서 동떨어진 것 같다고 느낍니다.

이런 방식으로는 결코 외로움과 사이좋게 지낼 수 없습니다. 시선의 방향을 바꿔야 합니다. 방향을 바꿔서 '바깥(타인)'이 아니라 '안(자신)'을 바라봐야 합니다. 그러면 외로움의 원인과 똑바로 마주할 수 있습니다. 이는 외로움을 부정적으로 보지 않

고 긍정적으로 인식하는 사고방식입니다. '안'을 바라보는 일은
"왜 나는 외롭다고 느낄까?"라고 스스로에게 묻고 답해보는 것
입니다.

대학 시절, 어깨 부상으로 좋아하는 야구를 더 이상 할 수 없게
되면서 고립감과 외로움을 느꼈습니다. 그때 지금 내가 느끼는
외로움을 조금 더 깊이 이해하기 위해서 노트에 이렇게 적었습
니다.

왜 나는 외로움을 느낄까?

노트에 이런저런 말을 끄적이며 스스로 묻고 답하는 시간을
가졌습니다.

어깨를 다쳐도 공은 칠 수 있다. 야구를 아예 못 하게 된 것도 아닌데… 마
음에 걸리는 이 감정은 대체 뭘까?

이렇게 나 자신과 점점 더 깊은 대화를 이어갔습니다. 그 결과,

외로움의 본질을 알게 되었습니다. 저의 마음 깊숙한 곳에 '야구를 못 하는 나를 인정하기 어려운 마음'이 있다는 사실을 깨달았습니다. 앞에서 이야기했던 것처럼 저는 고등학교 1학년 때 전국대회에서 우승을 한 이력이 있습니다. 그 이력이 쓸데없는 자존심이 되어 내내 걸림돌이 되었던 것입니다.

'전국대회에서 우승까지 했는데 실력이 형편없다고 평가받는 게 자존심 상하고 두렵다.'

이런 제 본심을 알고 나니 '사실은 사람들이 비웃지 않을 수도 있다'라는 생각이 들었고, 자존심을 지키기보다 야구를 즐기는 쪽을 택하기로 했습니다. 그 후 학교 야구부 대신 편하게 즐길 수 있는 야구 모임에 들어가 마음이 맞는 사람들과 함께 편하고 즐겁게 야구를 하게 되었습니다. 지금도 그때 함께한 회원들에게 고마운 마음이 큽니다.

갑자기 깊은 외로움을 느낀다면, 그 감정에 빠지지 말고 나를 깊이 들여다볼 기회가 생겼다고 여기세요. 저를 찾아온 한 대학생은 연애 문제로 고민하며 연인의 애정이 식은 것 같아서 외로움을 느낀다고 했고, 30대 직장인은 직장 내 인간관계로 힘들어하며 상사의 부당한 평가가 자신을 외롭게 한다고 했습니다. 이렇듯 '외로움'이라는 감정은 같아 보여도 이유나 원인이 저마다 다릅니다. 외로움을 자기 자신을 이해하기 위해 진심과 마주하는 하나의 계기로 인식해보면 어떨까요?

외로움이라는 감정을 덮어두고 모르는 척하는 건 쉽습니다. 외로운 감정이 올라올 때 재빠르게 다른 일을 하거나 신경을 다른 곳으로 돌리면 되지요. 하지만 그렇게 순간의 마음은 채워도 근본적인 진짜 외로움은 해결되지 않습니다.

외로움은 충치와 같습니다. 이가 아플 때 진통제를 먹으면 통증은 사라지겠지만, 충치가 나아지지는 않습니다. 충치가 완전히 나으려면 치과에 가서 제대로 치료를 받아야 합니다. 외로움을 느낄 때도 근본적인 진짜 원인과 마주하지 않으면 마음의 틈새를 메울 수 없습니다. 외로움은 결코 쓸데없는 감정이 아닙니다. 지금 이 순간부터 외로움을 '나를 바꿀 기회를 주는 긍정적인 감정'이라고 생각해보세요.

'외로움'을 느낀다는 건, 나를 똑바로 마주할 좋은 기회를 얻은 것입니다. 외로운 감정을 나쁘게 보는 사람도 있지만, 외롭다고 느끼는 건 나쁘지 않아요. 내가 느끼는 수많은 감정 중에 쓸모없는 감정은 하나도 없어요. 그 감정들 중에 가장 본연의 모습을 지닌 '고독'을 따뜻하게 대해주세요.

혼자 있어도
'혼자'가
아니다

당신은 지금 혼자 살고 있나요, 가족과 함께 살고 있나요? 만약 가족과 함께 살고 있다면, 혼자 사는 삶을 상상해본 적이 있을 거예요. 상상 속 당신의 삶은 어떤 모습인가요?

혼자 사는 삶은 장점이 제법 많습니다. 가족과 함께 사는 사람이라면 생애 처음으로 독립해서 혼자 살게 될 때 인생의 커다란 전환점을 맞이합니다. 무엇을 하든 혼자 한다는 것은 가벼운 자유로움을 줍니다. 특히 처음 혼자 살기 시작하면 부모님과 함께 지내면서 받았던 스트레스가 사라져 마냥 신이 나지요. 하지만 자유로움은 얼마 안 가 무거운 책임감으로 바뀝니다.

식탁에서 기다리기만 하면 차려지던 따뜻하고 맛있는 밥, 깨끗하고 보송하게 정리된 빨래, 수납장에 떨어질 틈 없이 항상 가득 채워져 있던 휴지 등. 일상에서 당연하다고 여겼던 일들이 당연하지 않다는 걸 깨닫는 순간, 우리는 기대한 것과는 조금 다른 삶을 살게 될 거라는 걸 직감합니다.

감기에 걸려도 옆에서 챙겨주는 사람이 없으니 아픈 몸을 스스로 챙겨야 하고, 그럴 때마다 쓸쓸함과 서러움이 뒤섞여 밀려옵니다. 집에서 나의 귀가를 기다리는 사람도 없고, 따뜻한 밥을 차려주는 사람도 없습니다. 아무도 없는 집에 들어가 불을 밝히는 것도 내가 해야 하지요. 그런 날이면 우리는 이런 상념에 사로잡힙니다.

'이 세상에서 나만 홀로 동떨어진 게 아닐까?'
'아무도 나를 안 찾는 건 아닐까?'

평소에는 괜찮다가 어느 날은 불현듯 공허함이 맹렬하게 밀려옵니다. 술을 마시거나 친구들과 밤새워 놀면서 허전한 마음을 채워보려 하지만 그마저도 잠깐일 뿐 공허함과 쓸쓸함은 여전합니다.

하지만 이렇게 생각해보세요. 혼자 있는 공간과 시간이 나에게 고독과 쓸쓸함만 주는 게 아니라, '나만의 시간'도 주는 것이라고요. 집이라는 공간에 물리적으로 '혼자' 있다고 해서 진짜 '혼자'인 것은 아니에요. 혼자 있어도 많은 사람들과 내가 정신적으로 이어져 있다는 사실만 잊지 않으면 됩니다. 우리가 혼자인 공간에서 고독을 더 심하게 느끼는 건 그 사실을 종종 잊기 때문이에요.

혼자 있는 시간은 아주 중요합니다. 자기만의 시간이 없다면, 현재를 곱씹어볼 수 없고, 미래를 깊이 고민할 수도 없거든요. 오롯하게 나만의 시간을 갖는 것은 내적으로 성장하는 데 꼭 필요합니다.

혼자 있을 때 찾아오는 쓸쓸함을 달래보려고, 혹은 누군가와 연결되고 싶어서 친구들과 카페에 모여 과제를 하거나 공부를 한 경험이 있을 겁니다. 쓸쓸함만 달래면 얼마든지 과제와 공부에 집중할 수 있을 것 같지만, 사실 공부보다 친구와 수다 떠는

친구들을 만나도

데이트를 할 때도

가족과의 식사자리도

우리는 함께 있는 걸까?

함께 있어도 '함께하는 건' 아니다.

시간이 길 때가 훨씬 많습니다. 그러고 나서 집에 돌아갈 때면 마음이 어땠나요? 쓸쓸함이 모두 없어졌나요? 함께한 친구들과 더 끈끈해졌나요?

물리적인 연결보다 정신적으로 이어져 있는지 아닌지에 초점을 맞춰서 생각해보세요. 이렇게 생각해보면 어떨까요? 학교를 졸업하면 학창시절 친했던 친구와는 관계가 끝나나요? 함께 하던 과제를 다 하고 나면 그 친구와는 관계가 끝나나요?

소중한 관계는 그렇게 쉽게 끊기거나 사라지지 않습니다. 멀리 떨어져 있어도 물리적으로 멀어졌을 뿐 마음은 여전히 이어져 있습니다. 학창시절 친했던 친구와 졸업 후 오랜만에 만나도 마치 어제 헤어진 것처럼 허물없이 편할 때가 있습니다. 졸업 후 만나지 못해도, 연락을 하지 않아도 소중하고 끈끈했던 사이라는 사실은 변함이 없습니다.

저도 이런 경험이 있습니다. 이 책을 한창 집필하던 때에 아주 오랜만에 옛 친구의 연락을 받았습니다.

"네가 쓴 책을 읽고 감동했어. 네 책을 보고 그동안 내가 많이 힘들었다는 걸 깨달았어."

대학생 때 같은 세미나를 들었던 친구였는데, 10년 가까이 소식이 뜸하다가 받은 연락이었습니다. 친구와 얼마나 자주 연락하는지, 그 연락의 빈도는 중요하지 않아요. 함께한 시간을 공유하는 데서 생겨나는 끈끈한 유대가 존재하기 때문이지요.

이상적인 관계는 각자가 성장하고 나서 성장한 사람끼리 교류할 때 만들어집니다. 나라는 '개인'이 성장하지 않은 상태에서 쓸쓸하다는 이유만으로 친구나 연인과 시간을 보낸다면, 결국 누군가에게 기대지 않고서는 살아가지 못하게 됩니다.

나를 찾아왔던 A는 일정이 비면 아무도 자신을 필요로 하지 않는다는 생각에 불안해져서 날마다 누군가와 만날 약속들로 일정을 빼곡하게 채웠습니다. 저는 A에게 이런 제안을 했습니다.

"하루에 단 10분이라도 온전하게 나만의 시간을 가지면서 앞으로의 일을 생각해보세요."

그 후 A는 조금씩 달라졌습니다. 의미 없던 모임들로 허전한 마음을 채워봐도 결국 아무것도 해결되지 않는다는 사실을 깨달았습니다. 그저 친구의 푸념을 듣는 시간이나 다름없었다는 걸 알게 됐거든요. 그리고 그 시간을 어떻게 쓸지 다시 생각해보게 되었습니다.

A는 모임에 나가는 횟수를 줄이고, 그 시간에 업무 능력을 키우기 위해 영어 회화를 배우기 시작했습니다. 그러자 업무에 대한 태도가 적극적으로 변했고, 그런 자세를 높이 평가받아 프로젝트 리더 자리에 발탁되었습니다. 그저 혼자만의 시간을 가지고 자신만의 방법을 찾았을 뿐인데 일상이 크게 변한 것입니다.

나만의 시간이 있어야 미래를 위한 '결정적 한 수'를 만들 수 있습니다. 대단한 것이 아니어도 좋습니다. 영화를 봐도 좋고, 혼자 카페에 가거나 요리를 해도 좋습니다. 친구들과 함께하는 시간을 아예 없애거나 모든 모임에 참가하지 말라는 뜻이 아닙니다. 그런 시간도 반드시 필요합니다. 하지만 사람들과 함께하는 시간만큼이나 '나 자신'을 키워나가는 시간도 가져야 합니다.

SNS에 이런 글을 쓴 적이 있습니다.

"지금 '나는 혼자가 아니야'라고 댓글을 남겨주세요."

아주 짧은 한 줄이었는데, 이 게시물에 댓글이 무려 500개가 넘게 달렸습니다. 제 예상을 훌쩍 뛰어넘는 숫자였지요. 인상 깊은 댓글도 많았습니다.

"나만 혼자가 아니라는 게 큰 위로가 됐어요."
"이 세상에 나만 툭 떨어져 있는 것 같아서 너무 겁이 나요."
"우리 모두 각자의 우주에서 살고 있군요."

말 한마디로 누군가는 큰 위로를 받고, 누군가는 불안했습니다. 혹시 지금의 당신은 어떤가요? "당신은 혼자가 아니에요"라는 말을 듣고 마음이 따뜻해졌나요? 그렇다면 이 말을 기다리는 사람이 당신 주변에도 잔뜩 있다는 사실을 기억하세요.

당신의 소중한 사람이 힘들어하고 있다면 "무슨 일 있어? 얘기해 봐" 하고 먼저 말을 걸어보세요. 이 한마디에 큰 힘을 얻는 사람이 분명히 있을 겁니다.

당신은 혼자가 아닙니다. 같은 공간에 있지 않아도 마음은 소중한 사람들과 이어져 있어요. 허전함을 채우려고 사람들과 어울리기보다 '나'에게 좀 더 집중해보세요. 그 시간이 당신을 성장시킬 거예요.

하루에 단 10분,
나에게 집중하는 시간이 필요하다.

나만의
건강한 루틴
만들기

외로움이 찾아왔을 때는 아무것도 손에 잡히지 않습니다. 의욕도 없고 축 늘어져 그냥 가만히 있고 싶습니다. 이때 중요한 것은 매일 같은 일을 담담히 반복하는 것, 즉 자신을 성장시키는 매일의 루틴을 따르는 것입니다. 당신은 그런 루틴이 있나요?

저는 어느 날 문득 '내가 매력적인 사람이었다면 주변 사람들이 먼저 다가와 이렇게 외롭지도 않았을 거야'라는 생각이 들었습니다. 동시에 '정신적으로 더 강해지고 싶어'라고도 생각했습니다.

정신적으로 강해지려면 자기 자신을 갈고닦는 시간, 즉 혼자만의 시간이 필요합니다. 혼자만의 시간을 만들고 싶어도 회사 일이나 집안일처럼 바로 눈앞에 있는 것들에 쫓기다 보면 아무것도 할 수가 없습니다. 그래서 저는 누구에게도 방해받지 않고 온전히 혼자일 수 있는 시간을 만들기로 했습니다. 그런 시간이 언제일까 곰곰이 생각해보니 이른 아침, 특히 새벽 4시부터 6시까지가 가장 잘 맞았습니다. 이 시간에는 보고 싶은 TV 프로그램도 없고, 실시간으로 즐길 만한 거리도 거의 없습니다. 친구에게 메시지가 오는 일도 없지요. '이왕 일찍 일어났으니 의미 있는 시간을 보내야지'라는 긍정적인 마음이 절로 듭니다.

새해 첫날에는 일출을 보려는 사람이 많습니다. 새로운 마음으로 뭔가를 결심하기 위해서 바다로 산으로 떠나 일출을 봅니다. 그런데 조금 이상하지 않나요? 새로운 해는 매일 뜨는걸요. 1년에 단 하루, 새해에만 일출을 보는 건 너무 아깝지 않나요? 똑같아 보이지만 매일 아침에 떠오르는 태양도 새해 첫날의 태양 못지않게 강한 활력을 줍니다. 그리고 무엇보다 아침 햇빛을 받으며 하루를 시작하면 기분이 좋아집니다.

혼자만의 시간을 가지는 아침 루틴을 하루하루 이어가면 아침을 맞이할 때마다 조금씩 성장하면서 외로움의 원인을 제대로 바라볼 수 있게 됩니다.

저의 루틴을 예로 들어볼게요. 저는 새벽 4시에 스마트폰 알람을 듣고 일어납니다. 요란한 알람을 끄고 화장실에 가서 가볍게 세안을 하고 서재로 갑니다. 그리고 2시간 가까이 글을 씁니다. 6시가 되면 늘 같은 코스로 산책을 하고, 집에 돌아와 스트레칭을 하고 명상을 한 뒤 책을 읽습니다. 급하게 처리해야 할 일이 있으면 이 시간을 활용합니다. 아, 물론 1년 365일 매일 똑같이 지내는 것은 아닙니다. 몸 상태가 좋지 않거나 잠이 부족할 때는 우선 충분히 휴식을 취합니다.

자신만의 아침 루틴을 만들어보세요. 가족과 함께 살아서 혼자 있기 어렵다면 출근길에 이동하는 시간을 활용하거나 집에서 30분 정도 일찍 나와서 회사 근처 카페에서 여유 있는 시간을 가져도 좋습니다. 자신의 상황에 맞는 루틴을 만들면 됩니다.

루틴의 목적은 자신이라는 존재의 '기초'를 다지는 데 있습니다. 지금까지 멘탈 트레이너로서 수많은 사람을 만나 이야기를

몸과 마음을 건강하게 해주는 나만의 루틴

들어봤지만 대부분 혼자만의 시간을 따로 갖지 않고 있었습니다.

"혼자만의 시간이요? 그럴 시간이 없어요."
"너무 피곤해서 아침 일찍 일어날 수가 없어요."

이렇게 말하는 사람들이 대부분입니다. 이것도 충분히 이해가 갑니다. 먹고살기 바쁘고 고되니 나만의 시간을 따로 내는 게 쉽지는 않지요. 하지만 바쁠 때일수록 이런 루틴은 더욱 필요합니다.

나만의 루틴이 있는 사람은 내적으로 조금씩 성장합니다. 몸도 근육을 계속 쓰지 않으면 약해지는 것처럼, 나의 내면도 갈고 닦지 않으면 점차 약해집니다. 성과를 내는 사람, 인생을 즐기는 사람을 보면 공통적으로 일상생활에 규칙적인 리듬이 있습니다. 이것이 루틴입니다.

하루하루 루틴을 이어가다 보면 나만의 고유한 것이 생기면서 인간적인 매력이 더해지고, 일상을 스스로 만들어갈 수 있기 때문에 외부의 영향을 받아 흔들리는 일이 적습니다. 더불어 나 자신에 대한 믿음이 커지면서 외로운 순간이 왔을 때 '내가 지금 왜 외로움을 느낄까?' 하고 냉정하게 생각해볼 수 있습니다.

아침에 일어나서 하는 일이 정해져 있나요? 없다면 새로운 루틴으로 일상에 리듬을 만들어보세요. 마음은 내가 만든 매일의 루틴으로 강해집니다. 특히 이른 아침에는 누구에게도 방해받지 않는 혼자만의 시간을 만들기 쉽습니다. 바쁠수록 효과적으로 시간을 활용해보세요.

밤에 찾아온 외로움은
아침이면
사라진다

고독은 참 희한합니다. 낮에는 꽁꽁 숨어 있다가 어두운 밤만 되면 불쑥 얼굴을 내밀거든요. 실제로 아침보다 밤에 외롭다고 느낀 적이 월등히 많지 않았나요? 제게 오는 상담 메시지도 낮 시간대보다 밤 10시 이후 시간대의 고민이 더 무겁고 복잡한 편입니다. 그래서 저는 저만의 규칙을 하나 세웠습니다.

"밤에 찾아오는 외로움은 아침이면 사라지니, 밤에는 고민을 멈추는 편이 낫다."

나는 낮에는 웃다가

밤이 되면 자주 울었다.

밤에 찾아오는 외로움은 크고 무거웠다.

그리고 아침이 되면 다시 괜찮아졌다.

밤에 찾아오는 외로움은 아침이면 사라진다.

이 규칙은 상담을 할 때도 쓰입니다. 늦은 밤에 상담 요청이 들어오면 저는 우선 "오늘은 너무 늦었으니 일찍 자고, 내일 같이 생각해봐요"라고 답합니다. 그리고 더 이상 고민하거나 해결책을 찾으려고 하지 말고 생각 자체를 멈추게 합니다. 결과는 어떨까요? 다음 날에 연락을 하면, 열 명 중 아홉 명은 "자고 일어났더니 괜찮아졌어요"라고 이야기합니다.

나중에 한 의뢰인이 이런 이야기를 하더군요.

"고민에 관해 적절한 조언을 해주리라 기대했는데, 고야마 씨가 '얼른 주무세요'라고 했을 때는 '대체 왜? 지금 당장 조언이 필요한데!'라고 생각했어요. 그런데 고야마 씨의 말이 맞았어요! 다음 날이 되니 걱정이 엄청 가벼워졌어요."

밤에 머릿속을 맴도는 고민거리는 아침이 되면 말끔히 사라지는 경우가 많습니다. 밤에 고민 상담을 요청했던 대부분의 의뢰인들은 입을 모아 말합니다.

"역시 밤에는 고민하지 않는 게 정답이네요."

그리고 저는 또 하나의 규칙을 추가했습니다.

"밤에 보내는 메시지는 반드시 후회한다."

늦은 밤, 연인이나 친구에게 불안이나 불만을 담아 장문의 메시지를 보낸 경험이 한 번쯤은 있을 겁니다. 저를 찾아온 많은 의뢰인들도 밤마다 특정 누군가에게 메시지를 보내고 싶다고 했습니다. 저는 그럴 때면 메시지를 보내고 싶은 당사자가 아니라 저한테 그대로 보내라고 했습니다. 그렇게 여러 의뢰인들에게 메시지가 왔습니다. 대부분은 감정이 휘몰아쳐서 쓴 메시지들이지요. "지금도 ○○랑 같이 있겠지. 내가 싫어졌으면 확실하게 말을 해", "지금까지 말은 안 했지만, 너 말하는 거 듣고 있으면 기분이 나빠", "나랑 헤어진 지 얼마나 됐다고 벌써 다른 사람을 만나니?" 이렇게 앞뒤 없이 자신의 감정에만 집중해서 쓴 메시지를 상대가 읽는다면, 당연히 결과는 좋을 수 없습니다.

의뢰인들은 저에게라도 메시지를 보냈더니 화난 감정과 이후에 더 하고 싶은 말들이 사라졌다고 했습니다. 어떻게 마음이 풀렸냐고 물어보니, "하고 싶은 말을 다 해서 속이 시원해졌어요.

유난히 지치고
긴 하루를 보낸 날

그런 날이면 몸은 물론이고
마음과 머리도 쉬게 해줘야 한다.

잘 자!

푹 쉬어~

평소보다 조금 일찍 하루를
마무리하는 것만으로도 충분하다.

그 얘기를 남자친구가 아니라 고야마 씨가 들어줬지만요"라고 대답했습니다.

어쩌면 누구에게 그 말을 하든 상관없었는지도 모릅니다. 꼭 당사자가 아니더라도요. 스트레스를 해소할 장소가 있다는 것, 이야기를 들어줄 사람이 있다는 것만으로도 마음이 한결 편안해지는 것입니다.

저는 이런 경험을 바탕으로 밤은 후회를 부르는 '마의 시간'이라고 표현합니다. 늦은 시간일수록 생각이 나쁜 방향으로 흘러가기 쉽기에 얼마나 일찍 하루를 마무리하는지가 관건이지요. 일찍 잠자리에 들면 후회되는 일을 할 확률도 줄고, 아침 일찍 일어날 수 있으니 일석이조입니다.

"외로움이 엄습해올 때는 얼른 잠자리에 드세요."

혹시 너무 뻔한 얘기라고 생각하나요? 하지만 이것보다 강력한 효과를 내는 방법은 없습니다. 우리 모두 이 방법이 효과적이라는 걸 알지만 정작 행동으로 옮기는 사람은 많지 않습니다.

밤에는 몸은 물론이고 마음과 머리도 지쳐 있습니다. 자신이 인지하는 수준보다 훨씬 지친 상태라는 걸 잊지 마세요. 피곤하면 사소한 일에도 쉽게 동요하게 되지요. 거기다 밤에는 고독이 불쑥 튀어나오니 쓸쓸한 마음까지 더해집니다. 그래서 연인에게 예정에 없던 이별 통보를 해버리거나 마음에도 없는 말을 하는 등 즉흥적인 행동을 할 때가 많습니다. 그리고 뒤늦게 '왜 그런 말을 했을까?' 하고 후회하는 일이 흔히 일어나지요. 실제로 의뢰인들이 밤에 연인에게 헤어지자고 연락을 하려던 걸 제가 말린 적이 한두 번이 아닙니다.

밤에는 졸리지 않아도 이불 속에 들어가 눕는 게 중요합니다. 아, 이때 스마트폰은 반드시 멀리 두어야 합니다. 외로움에 짓눌릴 때일수록 일찍 잠자리에 들고 가능한 한 빨리 하루를 마무리해야 합니다. 만약 아침이 되어도 상대에게 하고 싶은 말이 사라지지 않는다면 지치지 않은 상태의 몸과 마음과 머리로 할 말을 적어보세요. 그렇게 한 후에도 하고 싶은 말이 있다면, 그때 해도 늦지 않습니다.

고독은 밤에 찾아올 때가 많습니다. 견딜 수 없이 힘들다면 평소보다 조금 일찍 하루 일과를 마치고 잠자리에 드세요. 아침에 눈을 뜨면 영원할 것 같던 고독도 이미 사라지고 없을 테니까요.

내가 외로운 건
비가 오기
때문이다

사람은 누군가의 죽음을 직면하면 급격히 고독감에 휩싸입니다. 가까운 사람의 죽음은 물론이고 유명인이나 연예인처럼 직접 관련이 없는 사람의 죽음도 우리에게 커다란 영향을 줍니다. 씩씩하게 웃던 사람이 갑자기 세상을 떠나버렸을 때의 충격은 이루 말할 수 없고, 삶의 의욕조차 사라지지요.

이럴 때 저는 "자신을 탓하지 마세요"라고 말하고 싶습니다. 비즈니스 서적이나 자기계발 관련 책에는 "타인을 바꿀 수 없으니 자기 자신을 바꿔라"라는 내용이 자주 등장합니다. 그러나 정작 외로움이나 불안에 짓눌릴 때는 자기 자신을 바꾸려고 마음

먹기가 말처럼 쉽지 않습니다.

'그렇게 훌륭한 사람이 떠나다니. 내가 더 가치 없는 사람인데….'
'이제 그 사람을 볼 수 없다니 살아갈 희망이 없어.'

생각이 자꾸만 이렇게 흘러가서 기분을 전환하기가 어렵기 때문이지요. 이럴 때는 외부에서 탓할 거리를 찾아보세요. 저는 주로 계절 탓을 합니다. 우스운 방법처럼 보일지 모르지만, 제법 효과적입니다.

'타인을 바꿀 수 없으니 나 자신을 바꾸자'라는 생각은 자칫하면 자기혐오로 흘러갈 수 있습니다. 그래서 내 탓을 하지 않기 위한 수단으로 계절을 이용하는 거지요. 여기서 주의할 점은 다른 사람의 탓으로도, 자기 탓으로도 돌리지 않는 것입니다. 계절이나 환경 때문이라고 생각하면 자신을 탓하거나 자기혐오에 빠질 일이 없습니다.

실제로 의뢰인에게 "비가 와서 유난히 그런 마음이 들지요. 다비 때문이니까 너무 신경 쓰지 말고 푹 쉬세요"라고 했더니, "맞

기분이 가라앉은 날이면

우울해...

주로 날씨 탓을 한다.

비가 오니까 우울하네

낙엽이 떨어지니까 쓸쓸해...

그러면 내 탓, 남 탓을 하지 않게 된다.

아요. 비 때문이지 제가 가치가 있고 없고의 문제가 아니에요"라고 안심했습니다.

"요즘 자꾸 마음이 가라앉는 건 추운 날씨 탓이야. 오늘은 푹 쉬어야겠다."

"너무 더워서 모든 게 다 짜증이 나. 에어컨 바람을 쐬면서 시원한 걸 좀 마셔야겠어."

"낙엽이 떨어지니까 쓸쓸한 마음이 들어."

이렇게 계절이나 환경 탓을 해보세요. 그리고 자신을 돌보는 시간을 늘려보세요. 자기 탓을 하며 괴로워하는 시간보다 자신을 토닥이는 시간을 많이 가져보세요. 나 자신을 따뜻하게 돌보면 몸과 마음의 상태가 한결 나아진답니다.

계절 탓으로 돌리는 건 현실 도피가 아닙니다. 자신을 탓하지 않으면 몸과 마음이 편안해져 더 나은 상태로 자신을 바라보는 데 집중할 수 있습니다. 고독에게 압도될 것 같을 때는 계절 탓, 호르몬 탓, 저기압 탓을 해보세요.

뭐든지 계절이나 환경 탓이라고 해보세요. 슬픈 뉴스도, 우울한 뉴스도 'ㅇㅇ 탓'으로 여기면 기분이 바닥까지 떨어지지는 않아요. 그럼 자신의 가치를 떨어뜨리는 생각도 안 하게 되고요.

좋아하는 음악을 들으면서 반신욕을 하고,
따듯한 우유 한 잔을 마시는 것만으로도 외로움을 잠재울 수 있다.

몸과
마음을
따뜻하게

지금까지 수만 건의 고민을 상담하면서 얻은 결론이 있습니다. 고독은 밤에 많이 찾아오는데, 밤만큼 자주 찾아오는 때가 바로 온도가 낮아지는 시기라는 것입니다. 계절로 치면 여름보다는 겨울에, 날씨로 치면 맑은 날보다 비 오는 날에 고독은 불쑥불쑥 찾아옵니다. 또 장마철이나 계절이 바뀌는 시기에도 외로움을 느끼기 쉽습니다.

비교적 여름보다 겨울에 고독의 존재를 느끼는 사람이 많습니다. 자신이 여름보다 겨울에 잦은 외로움을 느끼는 사람이라면,

여름에 가까운 환경을 만들면 기분 전환을 할 수 있습니다. 외로움이 찾아오면 물리적으로 몸을 따뜻하게 하는 것이 좋습니다. 욕조에 몸 담그기, 따뜻한 우유 마시기, 눈에 따뜻한 팩을 올려 눈을 쉬게 하기, 실내 온도 높이기 등을 실천해보세요.

저는 고독이 찾아오면 평소보다 오래 욕조에 몸을 담갔다가 따뜻한 우유를 마시고 가능한 한 이른 시간에 잠자리에 들려고 합니다. 요즘 사람들은 대부분 간단히 샤워만 하는데, 꼭 욕조에 물을 받아 몸을 푹 담가보기를 권합니다. 충분히 해볼 만한 가치가 있습니다.

실제로 의뢰인들에게 "욕조에 몸을 담그고 몸을 따뜻하게 해보세요"라고 조언한 후에, 마음이 편안해져서 푹 잤다는 후기를 많이 들었습니다. 또 한 가지, 욕조에 들어가서 "아, 좋다!" 하고 소리 내어 말해보세요. 직접 말로 하면 더욱 효과가 좋습니다.

그리고 몸을 따뜻하게 하면서 마음도 따뜻하게 데워보세요. 반려동물과 시간 보내기, 동물 관련 영상 보기, 감동적인 영화 감상하기, 아로마 오일 향 맡기, 차분한 음악 듣기 등을 추천합니다.

오늘날 우리는 지나치게 효율을 따지다 보니 무의식중에 모든 일을 숨 가쁘게 처리합니다. 그럴수록 잠시 멈춰 서서 몸과 마음에 휴식을 주는 것이 무엇보다 중요합니다. 외로움은 효율을 좇기에 바빠서 몸과 마음이 지쳤다는 신호이기도 합니다.

학생 때는 몸이 망가지지 않게 부모님과 선생님이 곁에서 지켜봐줍니다. 운동부에서는 감독이나 코치가 선수의 상태를 고려해 연습 강도를 조절해주지요. 하지만 사회에 나오면 "너무 열심히 했으니 좀 쉬어라"라고 아무도 말해주지 않습니다. 나에게 그런 말을 해줄 수 있는 건, 오직 나뿐입니다. 그러니 스스로 자신을 돌봐야 합니다. 외로움이 찾아오면 일단 쉬라는 신호로 받아들이세요.

추울 때일수록 고독은 더 쉽게 찾아옵니다. 그럴 때는 욕조에 몸을 푹 담그고 아로마 향을 맡으며 천천히 느긋하게 자신을 돌보세요.

나의 마음을 따뜻하게 하는 것들

건강한 마음은
건강한
몸으로부터

몸과 마음은 연결되어 있습니다. 마음이 지쳐서 체력이 떨어지기도 하고, 체력이 떨어져서 마음이 지치기도 합니다. 멘탈이 약해졌다고 고민하는 사람들에게 저는 구체적인 방법을 제시하기 전에 가벼운 운동을 권합니다. 이런 제안을 들으면 다들 처음에는 의아해하지만, 실제로 몸을 움직여서 에너지를 채우면 마음이 충전됩니다.

평소에 운동을 얼마나 하나요? 의뢰인들에게 운동을 얼마나 하는지 물어보면 대부분 "출퇴근할 때나, 쉬는 날 걸어서 장보러

가는 정도예요"라고 대답합니다. 자가용으로 출퇴근하는 사람이나 최근에 부쩍 많아진 재택근무자처럼 하루에 1천 보를 안 걷는 사람도 생각보다 꽤 많습니다.

물론 운동하면 몸이 피곤합니다. 운동을 해서 오히려 체력이 더 떨어졌다고 느끼기도 합니다. 하지만 실제로는 그렇지 않습니다. 운동을 하면 체력의 최대 저장 용량을 늘려주기 때문에 당장은 힘들어도 장기적으로는 쉽게 지치지 않는 몸을 만들어줍니다.

일 잘하는 사람, 성공한 사람의 습관을 들여다보면 전부라고 해도 될 정도로 다들 운동하는 습관이 있습니다. 운동 습관이라고 하면 매일같이 헬스장에 다니며 근력운동을 하는 이미지를 떠올리나요? 하지만 실제로는 그렇지 않습니다. 요가, 달리기, 산책처럼 헬스장을 찾아가지 않아도 충분히 할 수 있는 운동을 꾸준히 하면 됩니다.

성공한 인생을 사는 사람에게 왜 운동을 하느냐고 물어본 적이 있습니다. 탄탄하고 다부진 몸을 위해서 근육을 만들려고 헬스장에 다닌다는 사람도 있었지만, 대부분은 일에서 더 나은 성과를 내기 위해, 하고 싶어도 체력이 부족해서 못 하는 상황을 만들지 않기 위해 운동한다고 이야기하는 사람들이 많았습니다. 더불어 건강도 지키고, 몸을 움직이면 정신이 맑아진다고 말하는 사람들도 많았습니다.

　운동이 습관이 되면 일상에 많은 변화가 찾아옵니다. 제일 먼저 수면의 질이 향상됩니다. 정신적 피로를 토로하는 사람은 자고 싶어도 잠들기 어려울 때가 많습니다. 원인은 여러 가지가 있지만, 운동 부족으로 체력을 다 소진하지 못한 것도 주요 원인이 될 수 있습니다.

　등산이나 수영, 축구처럼 체력 소모가 큰 활동을 한 뒤에는 숙면하게 됩니다. 저도 사회인 야구단에 있을 때 야구를 한 날과 안 한 날에 수면의 질 차이가 크다는 걸 느꼈습니다. 야구를 한 날에는 자려고 노력하지 않아도 평소보다 일찍 곯아떨어지곤 했습니다. 수면의 질이 좋아지면 낮에도 좋은 컨디션을 유지할 수 있습니다.

　그리고 운동을 습관으로 만들려면 운동을 할 시간이 필요하므로 자신의 시간 활용법을 돌아보게 됩니다. 야근이 많으면 당연히 운동할 시간을 내기 어렵습니다. 그러니 야근하지 않기 위해 근무시간에 더욱 집중해서 업무를 처리하게 되지요.

당장 헬스장에서 무거운 덤벨을 들라는 이야기가 아닙니다. 자신에게 맞는 운동으로 자기 몸 상태를 다듬어가는 것이 중요합니다. 처음부터 '매일 30분 달리기', '주 5회 헬스장 가기'처럼 목표를 지나치게 높이 잡으면 반드시 좌절의 순간이 찾아옵니다.

처음에는 1회 시간을 짧게 잡고 꾸준히 하면서 운동 습관을 만드는 게 좋습니다. 우선은 집에서 동영상을 보면서 간단한 스트레칭을 하는 정도로 아주 가벼운 운동부터 시작해보세요. 그리고 시간을 따로 내지 않아도 평상시에 할 수 있는 운동을 더 해보세요. 평소에 걷는 것보다 조금 더 걷고, 엘리베이터 대신 계단을 오르는 등 작은 것부터 실천하면 됩니다.

저도 꾸준히 운동을 하려고 노력합니다. 하루에 단 30분이라도 운동 시간을 가지면서, 서두르지 않고 운동 습관을 들이는 데 목적을 두고 있습니다. 본격적으로 몸을 만드는 건 운동 습관을

운동이 습관이 되면
일상에 많은 변화가 찾아온다.

만든 다음에 해도 늦지 않습니다. 누군가와 경쟁하는 것도 아닌 걸요. 운동으로 쉽게 지치지 않는 몸과 마음을 만들면 더는 외로움과 같은 감정에 휩싸여 괴로워하지 않게 됩니다.

몸과 마음은 이어져 있으니 가벼운 운동을 습관으로 만들어보세요. 버겁지 않을 정도의 운동으로 에너지가 충전되면 마음도 저절로 밝아집니다.

나의 고민은
특별하지
않다

우리는 자신의 고민이 특별하다고 생각합니다. 그런데 우리 모두 각자의 서사를 가졌어도 고민은 대체로 비슷합니다.

"남들은 잘 모르는 저만의 고민이 있어요. 다들 이해하지 못할 거예요."

저를 찾아오는 의뢰인들 중 많은 분들이 이렇게 말하지만, 내용을 들어오면 불과 몇 시간 전의 상담 내용과 거의 비슷합니다.

누구나 크든 작든 저마다 고민을 안고 살아갑니다. 고민 없는 사람이 있을까요? 주변에서 보기에 아무리 순조롭고 평탄한 인생 같아도 말 못 할 고민거리가 있기 마련입니다. 그러니 뭔가 고민될 때는 자기만 그렇다고 생각하지 말고, '이런 고민을 하는 사람이 분명히 또 있겠지. 나만 그런 게 아니야'라고 생각해보세요.

제가 존경하는 선생님께서 이런 말씀을 하신 적이 있습니다.

"한 명의 고민은 천 명의 고민이다."

다시 말해, 나의 고민은 나 혼자만의 것이 아니라 누군가가 이미 경험했거나 현재 극복 중인 고민이라는 뜻입니다. 어떤 고민으로 힘들 때 같은 고민을 하는 사람이나 이미 겪은 사람이 해결책을 알려준다면 어떨까요? 깜깜한 터널 속 한 줄기 빛처럼 느껴지지 않을까요? 제가 그런 해결책을 전달해주는 역할을 하고 있지만, 이 책을 보는 당신 혼자서도 충분히 해결책을 만날 수 있습니다.

한 줄기 빛의 정체는 바로 책입니다. 책은 해당 분야에서 성과를 낸 사람이 자신의 지혜와 지식을 농축해 한 권으로 정리한 것

내가 하는 고민을 남들도 똑같이 한다고 생각하면 큰 위로가 된다.

이지요. 그래서 뭔가 고민이 있거나 해결되지 않는 문제가 있을 때 그것과 관련한 책을 읽으면 스스로 눈앞의 벽을 돌파할 가능성이 커집니다.

책은 여러 권을 읽으면 더욱 좋습니다. 여러 권을 읽는 이유는 여러 저자의 성공 패턴을 접해보기 위해서입니다. 한 저자의 패턴이 나에게 맞을지, 맞지 않을지 알 수 없기 때문이지요. 다양한 방법을 시도하면 저자의 성공 패턴을 힌트 삼아 나에게 딱 맞는 답을 만들 수도 있습니다.

한때 저도 커다란 고독에 휩싸여 좌절해 있을 때, 고민의 해결 책을 찾아 존경하는 선생님의 책을 읽기 시작했습니다. 그 책에서 "나도 때때로 외로움을 느낀다"라는 구절을 보고 굉장히 위로를 받았습니다. 개인적으로 존경하는 선생님도 고독에 빠진다는 사실이 큰 위안이 되었습니다.

나 혼자만의 고민이라 생각하면 더 침울해지기 쉽습니다. 자기가 끌어안고 있는 고민이 특별하다고 믿으면 '친구한테 말해봐야 어차피 이해하지 못할 거야'라고 넘겨짚으며 자꾸 나쁜 쪽으로 생각이 흘러가게 되거든요. 그래서 저는 제 고민을 SNS나

블로그에 자세하게 남겨둡니다. 현재 나와 같은 고민을 하는 사람에게 공감을 얻거나 훗날 누군가에게 도움이 될지도 모르니까요. 당신도 지금의 고민을 SNS나 블로그에 적어보세요. 그 글을 보고 누군가가 해결책을 제시해줄 수도 있습니다. 어쩌면 그 글로 다른 사람의 고민이 해결될지도 모르고요.

고민을 끌어안고 있을 때 지금의 자기 생각과 불만이 미래에 어떤 식으로든 도움이 된다고 생각하면 마음이 한결 편해지지 않을까요? 혼자만의 고민이라 생각하면 더 외로워지지만, 다른 누군가가 같은 고민을 안고 있다고 생각하면 어쩐지 위로가 됩니다. 마치 내 마음을 알아주는 내 편이 있는 것처럼요. 제가 운영하는 온라인 커뮤니티에서 회원들끼리 의견을 공유할 때가 있는데, 그럴 때면 "이 고민을 저 혼자 하는 게 아니네요"라며 기분이 훨씬 가벼워졌다는 분도 많습니다.

지금 당신의 고민을 누군가는 이미 겪고 해결했을지도 몰라요. 혼자만의 고민이 아니라고 생각하면 외로움은 줄어듭니다. 당신도 그 깜깜한 터널에서 반드시 빠져나갈 수 있어요.

2장

마음이 자꾸만
가라앉을 때

'우울'에서 벗어나는 데 필요한 것

'고독'은 당신이

자신을 알아채주기를 바랍니다.

외로움이 덮쳐올 때면

지금 눈앞의 모든 일에서 좋은 점을 찾아보고,

불필요한 것은 흘려보내세요.

지치고 힘든 날에는
높은 데서
멀리 보기

높은 곳에 오르면 평소와는 시야가 달라져 지금까지 보이지 않던 것들이 눈에 들어옵니다. 저는 호텔에 묵을 일이 생기면 가능한 한 높은 층에 묵는 편입니다. 바닷가에 있는 호텔에서 드넓게 펼쳐진 바다를 바라보면 평소에 생각하지 못한 것들이 떠오르지요. 비행기 안에서 내가 밟고 사는 땅이 점점 작아지는 걸 내려다볼 때도 일상에서 아주 멀어지는 듯한 기분에 빠집니다.

높은 곳에 오르면 평소에 우리가 얼마나 좁은 세계만 보는지를 깨닫게 됩니다. 분명 눈앞에 있는데도 보지 못하는 것들이 있습니다. 보면서도 보지 못하는 것들이요.

외국계 기업에 다니는 B는 매일 '이 회사에 계속 있으면 성장하지 못할 거야'라고 생각했습니다. 급여나 대우는 높은 수준이었지만, 업무가 자신과 맞지 않는다고 느꼈지요. B는 출근을 안 하는 날이면 '정말 이대로 괜찮은 걸까?', '앞으로도 이 회사를 계속 다녀야 하는 걸까?'라는 고민을 하느라 휴일을 다 보내곤 했습니다.

연인관계도 삐거덕거렸습니다. 회사 문제로 연인에게 의지하고 싶어서 연락을 해도 한참 후에야 답장이 오고, 막상 연락이 와도 기대와 다른 반응에 실망할 때도 많았습니다. 만나고 싶어도 시간이 맞지 않아 좀처럼 얼굴을 볼 수 없어 외로움도 깊어졌습니다. 회사 일은 회사 일대로 힘들고, 연인도 자신을 이해해주지 않아 B는 나날이 지쳐갔습니다.

저는 B에게 여러 선택지가 있다는 걸 설명했습니다. 회사 문제는 부서 이동이나 휴직, 상사와의 상담, 이직 사이트 등록 등을 시도해보기를 추천했습니다. 연인과의 문제는 상대에게 서운한 점을 명확하게 설명하고, 데이트 날짜를 정해서 만나는 방법 등을 해보라고 했습니다. 제 이야기를 듣고 B는 깜짝 놀라더군요. 지금까지 그런 생각을 전혀 하지 못했다는 것입니다.

제3자의 시각으로 봤을 때는 여러 가지 해결 방법이 보이지만, 그 문제를 직접 겪고 있는 당사자는 시야가 좁아져서 많은 선택 지를 떠올리지 못합니다. B도 회사 문제는 퇴사, 연인 문제는 이별밖에 없다고 생각하고 있었습니다.

당신도 어떤 고민에 빠져 답이 없다고 느낀다면 시야를 넓혀 보세요. 만약 '혼자라서 외롭다', '계속 이렇게 혼자인 걸까?' 하는 생각이 든다면, 혼자 방에 있지 말고 밖으로 나와보세요. 외로 워하는 사람은 무심코 아래를 보며 걷는 경향이 있습니다. 거리 를 메운 광고와 간판조차 전혀 시야에 들어오지 않지요. 이는 시 야가 좁아졌다는 증거입니다.

가슴이 답답할 때는 높은 곳에서 주변을 쭉 둘러보세요. 높은 곳에서는 지금까지 보지 못했던 근사한 경치뿐만 아니라 새로운 것들을 발견할 수 있습니다. 평소와는 다른 방향에서 고민을 바 라보면 보이지 않던 돌파구가 보입니다. 돌파구의 힌트는 의외 의 장소에 숨어 있습니다. 호텔이나 성곽, 공항, 빌딩… 어디라도 좋습니다. 평소보다 조금이라도 높은 곳에 있어보겠다고 의식하 는 것이 중요합니다. 충분히 실천해볼 만한 가치가 있습니다.

마음이 힘들 때는 평소보다 높은 곳에서 넓게 멀리 보세요. 분명 새로운 발견이 있을 거예요. '내일도 잘 살아보자.' 이런 마음이 든다면, 그것만으로도 충분해요.

반드시 멀리서 봐야 보이는 것들이 있다.

오늘은
나에게
선물 주는 날

일도 연애도 열심히 하는 사람, 모든 일에 열과 성을 다하는 '열심쟁이'가 있습니다. 저는 그런 사람들을 상담하며 공통점을 발견했습니다. 바로 '거절을 힘들어한다'는 것입니다. 뭐든 열심히 하는 사람일수록 '더 열심히 해야 해', '기대에 부응해야 해'라고 생각하며 지나치게 압박감을 느끼기 때문이지요. 그들은 무슨 일을 부탁받든 거절하지 않고, 그 일에 최선을 다해서 다른 사람에게 자신의 가치를 인정받으려고 합니다.

사무직으로 일하는 H는 업무에 대한 자신감이 부족해서 괴로

위했습니다. 그는 항상 자신의 일은 누구라도 할 수 있어서 자신을 대체할 사람은 얼마든지 있다며 그런 점 때문에 허무하고 힘들다고 했습니다. 그리고 그런 마음이 들면 들수록 회사에 가는 것조차 두렵다고 했지요. 저는 처음에는 단순하게 회사 업무에 대한 자신감 부족 때문이라고 생각했는데, 이야기를 조금 더 들어보니 그 감정도 결국 외로움의 일부였다는 걸 알게 됐습니다.

H는 누군가에게 '반드시 필요한 존재'가 되고 싶었던 겁니다. 그게 회사든 가정이든 자신이 속한 집단에서 "네가 없으면 절대 안 돼"라는 이야기를 듣고 싶었던 거지요. 그런 H에게 저는 물리적 환경 변화를 위한 퇴사 준비와 심리적 대안인 포상의 날을 정하라고 제안했습니다.

그 후 H는 오랜 꿈이었던 심리상담사가 되기 위해 준비하기 시작했습니다. 현실적으로 회사를 당장 그만두기는 어렵기 때문에 몇 개월 후로 퇴사일을 정했습니다. 몇 달만 지나면 회사를 그만둘 수 있다는 생각에 마음이 편해지긴 했지만, 퇴사일까지는 여전히 견뎌야 할 시간이 남아 있어서 그 몇 개월을 잘 견디기 위해 자신만의 포상의 날을 설정하기로 했습니다.

매주 수요일은 나에게 상을 준다.

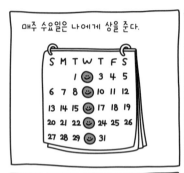

좋아하는 영화를 보거나

친구와 맛있는 걸 먹으러 가거나

서점에 가기도 한다.

나만의 방법으로 나 자신을 칭찬할 줄 알아야 한다.

포상의 날을 설정하는 건 아주 쉬워요. 자신이 좋아하고 설렐 만한 일정을 만들어놓으면 됩니다. 예를 들어, 수요일을 '내가 정말 좋아하는 마사지를 받으러 가는 날'로 정합니다. 그러면 수요일은 좋아하는 일을 하며 행복을 느끼고, 목요일과 금요일은 행복의 여운을 즐기고, 월요일과 화요일은 곧 다가올 행복을 기다리며 설렐 거예요.

당신에게도 이렇게 상상만 해도 미소가 지어지는 것이 있지 않나요? 누군가는 맛있는 걸 먹는 상상만으로도 행복하고, 누군가는 쇼핑을 하거나 좋아하는 영화를 보면서 혼자만의 시간을 갖는 것일 수도 있습니다. 날짜는 자신의 생활 패턴에 맞춰서 정하면 됩니다. 단, 여기서 핵심은 '정기적'이어야 한다는 점입니다.

정기적인 포상의 날은 자기 자신을 돌보는 습관을 몸에 익히는 데 도움이 됩니다. 열심쟁이는 스트레스가 쌓여 폭발하고 나서야, 또는 몸이 버티지 못해 비명을 지르고 나서야 뒤늦게 휴식을 취하는 경우가 많지요. 정기적인 포상의 날은 몸과 마음을 쉬게 하면서 피로와 스트레스가 지나치게 쌓이지 않도록 도와줍니다. 포상은 무엇이든 좋습니다. 서점 가기, 영화 보기도 자신에게 주는 좋은 상이 됩니다. 나만의 방법으로 자신을 칭찬해주세요.

하루를 보내며 의도치 않은 실수나 이해하기 힘든 불합리한 일들로 화가 날 때도 있고, 마음을 무겁게 만드는 뉴스를 접할 때도 있습니다. 이럴 때 자신을 다독이고 칭찬하는 날을 정해놓으면 아무리 힘든 일이 있어도 '내일은 즐거운 일이 나를 기다리고 있어!'라고 생각하며 마음의 짐을 덜어놓게 됩니다.

그런데 뭐든 열심히 하는 사람일수록 포상의 날에 다소 거부감을 가지는 경향이 있습니다. '나에게 주는 상이라니, 너무 사치가 아닐까?', '나 자신에게 너무 관대한 것이 아닐까?' 하는 불안감을 느끼는 거지요. 예전에 저도 '나에게 주는 상이라지만 정말 매주 마사지를 받아도 될까? 돈을 쓰지 않고 절약하는 편이 현명하지 않을까?' 하는 생각에 죄책감을 느끼며 불안해한 적도 있습니다. 그래서 제가 추천하는 방법은 '자신을 허락하는 일'부터 시작하는 것입니다.

"나 자신에게 상을 줘도 괜찮다."

"스스로를 더 소중히 여겨도 된다."

"나 자신을 더 보듬어줘도 된다."

"지금 나는 너무 잘하고 있다."

이렇게 스스로 인정할 수 있게 되면 마음이 한결 가벼워집니다. 열심히 사는 사람일수록 자신에게 엄격하고 채찍질하는 경우가 많지요. 오히려 더 열심히 해야 한다고 다그치기도 합니다.

잊지 마세요. 매일 일에 치이는 사람, 야근하는 사람, 월급 많이 받는 사람만 열심쟁이가 아닙니다. '아직 취업 준비 중이고 직장에 다니지도 않는데 나에게 상을 줘도 될까?' 하고 죄책감을 느끼는 사람도 있을 거예요. 하지만 지금 나의 위치는 그다지 중요하지 않습니다. 학생이든 취업 준비생이든 잠시 휴식 중이든, 현재 자신의 자리에서 최선을 다하는 사람이라면 모두 '열심쟁이'입니다.

혹시 지금 '나는 그다지 열심히 하지 않는데…'라고 생각한다해도 당신은 열심쟁이입니다. 열심히 하는 자신을 칭찬하는 날을 정해보세요. '언젠가' 주겠다고 미루지 말고, '정기적'으로 자신에게 상을 주세요. 나를 기다리는 포상이 있다는 것만으로도 삶은 훨씬 더 건강하고 여유로워질 거예요.

소울 푸드로
스스로
위로하기

당신은 어떨 때 행복을 느끼나요? 목표를 달성했을 때, 가족과 여행 갔을 때, 피곤한 하루 끝에 반신욕을 할 때 등등 사람마다 행복을 느끼는 순간은 다르지만, 맛있는 음식을 먹을 때는 누구나 행복을 느낍니다.

생활의 기본인 의식주 중 '식', 즉 음식은 상상 이상으로 우리 삶에 커다란 에너지를 줍니다. 음식 중에서도 자신이 가장 사랑하는 음식, 이른바 소울 푸드(soul food)가 있습니다. 소울 푸드는 삼겹살, 치킨, 곱창, 랍스터 등 사람마다 다릅니다.

당신은 가장 좋아하는 음식, 소울 푸드를 주로 언제 먹나요? 혹시 특별한 날에만 먹기로 암묵적으로 정해두지 않았나요? 그렇다면 음식의 에너지를 100퍼센트 활용하지 못하고 있는 것입니다. 소울 푸드는 특별하게 좋은 일이 있을 때만 먹는 게 아니에요. 우울하거나 불안할 때도 제일 좋아하는 음식을 즐겨보세요. 특히 숨어 있던 고독이 불쑥 나타났을 때 좋아하는 음식으로 마음을 달래보세요.

피부관리실을 운영하는 S는 일이 너무 바쁘고 마음이 허해질 때면 최고급 소고기를 먹습니다. 지방이 적당히 있는 좋은 부위의 소고기를 살짝 구워서 입에 넣으면 "행복해!"라는 말이 절로 나온다고 웃으며 말하더군요. 이처럼 맛있는 음식은 위장뿐만 아니라 마음까지 행복으로 채워줍니다.

우리가 무엇을 먹으면서 사는지는 굉장히 중요해요. 특히 좋아하는 음식을 먹는 건 아주 중요합니다. 그런데 많은 사람들은 식비를 아끼기 위해 먹고 싶은 음식이 있어도 참고, 아무 일도 없는 날에 그 음식을 먹는 걸 어색해하기도 합니다. 특히 이벤트가 없는 평범한 일상에 특별한 음식을 먹는 걸 사치스럽다고 여기는 사람도 많습니다. 그래서 스스로에게 좋아하는 음식을 만끽할 기회도 쉽게 허락하지 않습니다.

이렇게 음식이 가진 에너지를 과소평가하는 경우가 있는데, 소울 푸드의 힘은 실로 엄청납니다. 곁에 있는 친구가 풀 죽어 있을 때 친구와 함께 맛있는 음식을 먹으러 가보세요. 처음에는 기운 없고 입맛 없던 친구도 음식을 다 먹고 돌아갈 때쯤에는 표정이 훨씬 밝아져 있을 테니까요.

혼자 하는 식사에 많은 돈을 쓰는 게 부담스럽다면 친구를 불러 함께 즐기는 방법을 활용해도 좋습니다. 맛있는 음식과 함께하는 식사라면 더 큰 추억을 남길 수 있습니다. 그렇게 생각하면 한결 부담이 줄어들 거예요.

맛있는 음식은 삶에 의욕을 불어넣습니다. 기분이 가라앉았을 때는 맛있는 음식의 위력이 더욱 커집니다. 외롭다고 느낄 때 좋아하는 음식을 적극적으로 즐겨보세요. 이때 자신에게 허락을 내리기 위해 이유가 필요하다면, 어떤 이유를 붙여도 좋습니다.

"지금 이 음식이 당긴다는 건 내 몸이 이걸 원한다는 뜻이야!"

"좋아하는 음식을 먹으면 기운이 난다고 책에 쓰여 있었어!"

"맛있는 음식을 먹고 에너지를 충전하면 효율이 높아질 거야!"

이외에도 어떤 이유든 좋습니다. "음식은 먹고 나면 끝이니 형태로 남는 물건을 사는 게 낫다"라고 말하는 사람도 있습니다. 하지만 다시 생각해보세요. 음식은 그냥 사라지는 게 아니에요. 우리 몸은 우리가 먹고 마시는 것으로 만들어지니까요. 좋아하는 음식을 먹으면 영양소를 섭취할 뿐만 아니라 스트레스도 해소되고 마음속 행복까지 채워지니, 이보다 더 좋은 약은 없습니다.

저는 일주일에 한 번 제일 좋아하는 초밥을 먹습니다. 초밥 중에서도 참치 뱃살을 가장 좋아해서 참치 뱃살이 올라간 초밥을 입에 넣으면 "맛있다! 행복하다!"라는 말이 저도 모르게 나오지요. 행복은 숨기기 어렵습니다. 좋아하는 음식을 먹으며 행복을 느끼고, "행복하다!"라고 소리 내어 말하면 마음의 에너지가 충전되는 게 느껴집니다. 이토록 장점 많은 나만의 소울 푸드 먹기,

우울한 날 꼭 실천해보세요.

  부담을 조금 내려놓고 좋아하는 음식을 즐겨보세요. 특별한 날
이 아니어도 맛있는 음식을 먹으며 몸과 마음의 에너지를 충전해
보세요. 외롭고 호젓한 날, 소울 푸드로 스스로를 위로해보세요.
외로움과 함께 잘 지내는 방법을 하나 더 배우게 될 거예요.

소울 푸드는 단순히 음식이 아니다.

몸은 내가 먹고 마시는 것으로 채워지고

좋아하는 음식을 먹으면
스트레스가 해소되고 행복해진다.

특별하지 않은 날에도
소울 푸드로 몸과 마음을 충전하자.

"뭐 어때!"를
습관처럼

머릿속에 이런 생각들이 떠다니나요?

'어째서 나는 잘 안 풀릴까?'
'왜 나는 사람들과 잘 지내지 못할까?'

하지만 아무리 머릿속으로 같은 생각을 하고 또 해봐도 해결이
되지는 않습니다. 쳇바퀴를 도는 햄스터처럼 열심히 발을 움직여
서 앞으로 가는 듯해도 결국 제자리에서 한 걸음도 나아가지 않
는다고 느끼는 날이 있습니다.

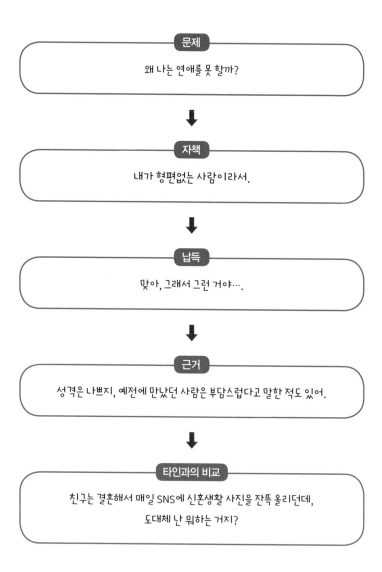

문제

왜 나는 연애를 못 할까?

자책

내가 형편없는 사람이라서.

납득

맞아, 그래서 그런 거야….

근거

성격은 나쁘지, 예전에 만났던 사람은 부담스럽다고 말한 적도 있어.

타인과의 비교

친구는 결혼해서 매일 SNS에 신혼생활 사진을 잔뜩 올리던데,
도대체 난 뭐하는 거지?

예를 들어, 한 가지 생각이 머릿속을 떠나지 않는다고 가정해봅시다. 이때 '문제 → 자책 → 납득 → 근거 → 타인과의 비교'라는 악순환을 따라 생각이 꼬리에 꼬리를 물기 때문에 마음의 여유가 사라집니다. 이런 사고 패턴은 쉽게 해결할 수 있는 일도 해결하지 못하게 만들지요.

저를 찾아온 많은 의뢰인들도 이런 사고 패턴을 가지고 있었습니다. 그리고 그 끝은 대체로 자존감 저하와 자기 책망으로 끝나곤 합니다. 이런 사고 패턴을 깨뜨리는 방법으로 저는 "뭐 어때!"라고 소리 내어 말하기를 추천합니다.

이런 생각들이 떠오를 때마다 소리 내어 말해보세요. "뭐 어때!"라고요. '문제 → 자책 → 납득 → 근거 → 타인과의 비교'라는 사고 패턴은 시작인 문제 단계에서 더 이상 깊이 생각하지 않고 흘려보내야 악순환에 빠지지 않아요. 물론 흘려보내는 게 쉽지는 않아요. 그래서 해결되지 않을 문제를 끌어안고 에너지를 소모하는 사람도 많습니다.

패션업계에서 일하는 C는 직장 내 인간관계로 힘들어했습니다. 상사가 C를 은근히 무시하면서 웃음거리로 삼는 것을 견디기가 어려웠기 때문입니다. 거기다 부서 내에서 아무도 C를 감싸주지 않아서 고립된 상태였습니다. 저는 C에게 '뭐 어때' 방법을 제안했습니다.

"진심으로 그렇게 생각하지 않아도 좋으니 '뭐 어때!'라고 소리 내어 말해보세요."

C는 그런 마음이 아니라서 말이 나오지 않는다고 했습니다. 하지만 곧 어색해하면서도 힘든 일이 생길 때마다 반복해서 소리 내어 말하기 시작했습니다. 처음에는 마음과 다른 말을 입 밖으로 꺼내기가 다소 어색했지만 한 달 정도 지속하니 어색함은 사라지고 마음이 가벼워지는 걸 느꼈다고 했습니다. 예전 같았으면 밤마다 상사를 생각하느라 잠 못 들었을 텐데, 이제는 잠도 잘 자고 고민하는 시간도 점차 줄어들었습니다.

"어차피 제가 고민해봤자 어떻게 할 수도 없으니까요."

여러가지 문제로
복잡할 때

습관처럼 하는 말이 있다.

뭐 어때!

고민해도 해결되지 않는 문제들을 끌어안고 있어도
결국 힘든 건   나 자신이다.

그럴 땐 "뭐 어때!" 라고 말해보자!

C의 말이 무척 인상 깊었습니다. 상사의 말과 행동을 흘려버리게 되고 반년 후, 그 상사가 부서를 이동하게 되면서 C의 고민도 완전히 사라졌습니다. 이렇게 흘려버리기 기술을 습득하면 지금까지 자기가 어쩌지 못하는 것들에 상당한 시간과 체력을 소비했다는 사실을 깨닫게 됩니다.

물론 주변에 피해를 주는 일이라면 그냥 흘려버려서는 안 됩니다. 예를 들어, 직장에서 같은 실수를 반복하는 상황에서 "뭐 어때!"하며 흘려보내는 건 적절치 않습니다. 그냥 넘겨버리면 다음에 또 같은 실수를 반복해서 신뢰를 잃을 수도 있으니까요.

또 휴일에 회사에서 긴급한 업무 연락이 왔다면 어떨까요? 당연히 쉬는 날에 오는 업무 연락이 반가울 리 없지만, 이럴 때도 흘려버리면 나중에 더 큰 문제를 맞닥뜨릴 수 있으니, 이때는 흘려버리는 것보다 문제를 빨리 해결하는 편이 훨씬 좋습니다.

하지만 우리가 고민해봤자 결코 해결되지 않는 일들, 예를 들어 친구나 연인에게 연락이 오지 않는 이유, 직장 동료가 나를 싫어하는 이유 등은 혼자서 아무리 생각해봐야 답도 안 나오고 해결되는 것도 없습니다. 그런 것들을 생각하느라 시간을 허비하지 마세요.

친구나 연인에게 연락이 안 오는 건 상대가 바쁠 수도 있고 다른 꿍꿍이가 있을지도 모르지만, 상대의 말투나 태도의 사소한 변화로 나 혼자 이런저런 억측을 펼쳐본들 의미가 없습니다. 그 답은 오직 신과 상대만이 알겠지요. 또 직장 동료가 나를 왜 싫어하는지 분석해봤자 답은 찾을 수 없습니다. 나를 싫어할 사람들은 내가 무슨 행동을 해도 싫어하고, 좋아할 사람들은 같은 행동을 해도 좋아합니다. 결국 내가 어떻게 해결할 수 있는 문제는 아닙니다.

혼자서 생각해봤자 상황은 조금도 바뀌지 않으니 기다리는 연락이 오지 않을 때는 "뭐 어때!"라고 말하고 생각을 흘려보내세요. 그리고 스트레칭으로 가볍게 몸을 풀거나 책을 읽으며 자신을 돌보는 데 집중해보세요. 흘려보내기가 가능해지면 우울함에 빠지거나 부정적으로 생각하는 단계까지는 이르지 않습니다.

다만, "무슨 일이든 '뭐 어때'로 때우려고 하나요?"라고 지적받지 않도록, 가능하면 여러 사람 앞에서는 조심하는 게 좋겠지요.

습관처럼 "뭐 어때!"라고 말해보세요. 해결할 수 없는 일을 한 없이 끌어안고 있지 마세요. 흘려버려도 되는 일은 깨끗하게 흘려버리는 연습을 해보세요. 고민해도 별수 없는 일에 들어가는 당신의 시간이 너무 아까우니까요.

불필요한
정보와
거리 두기

문득 혼자라고 느껴질 때가 있습니다. 많은 사람들과 함께 있어도 어쩐지 잘 어울리지 못하고 겉도는 것 같고, 진짜 나를 이해하는 사람은 아무도 없다는 생각이 들지요. 그럴 때마다 우리는 더더욱 다른 이와의 연결점을 찾으려 노력합니다. 스마트폰에 저장된 연락처를 뒤적이고 친구에게 메시지를 보내거나, 쓸데없이 SNS에서 시간을 때웁니다.

외로움이 찾아왔을 때는 더 심합니다. 침대에 누워 SNS를 보다가 새벽 한두 시를 넘기는 건 드문 일이 아닙니다. '어딘가에

나와 같은 마음을 가진 사람이 있지 않을까?', '지금 이 시간에 잠 못 드는 사람이 나뿐만은 아닐 거야' 이런 생각으로 SNS를 보고 또 보고 있지요. 지인들의 SNS도 모자라서 이제는 전혀 모르는 사람들의 사진까지 보면서, 나만 빼고 이 세상 사람들이 모두 행복하게 잘 살고 있는 것 같아서 불안해집니다.

이렇게 의미 없이 스마트폰으로 시간을 보내다가 문득 자신의 고민거리도 검색해봅니다. 검색 결과로 나온 기사에 "당신은 이런 고민을 하고 있지 않습니까?"라는 체크리스트라도 실려 있으면 자신의 해당 항목을 세어보면서 고독과 불안을 키웁니다. 불안감으로 정상적인 판단이 어려운 상태에 "지금 신청하면 반값 할인! 서두르세요" 같은 문구까지 더해지면 덜컥 고액의 상품을 지르기도 합니다.

우리는 허전한 마음을 계속해서 다른 것으로 채우려 합니다. 그래도 마음은 쉽게 채워지지 않지요. 이 채워지지 않는 마음을 끌어안고 괴로워한 시간이 당신에게는 없었나요? 우리의 허전한 마음은 도대체 어디서, 어떻게 채워야 하는 걸까요?

우리는 하루에 아주 많은 정보를 만납니다. 거리를 걸으면서, 친구와 메시지를 주고받으면서, 심지어 자신의 일상을 SNS에 올리는 순간에도, 우리는 원하지 않아도 수많은 정보를 얻습니다. 텔레비전이나 신문은 물론이고, 이동하는 지하철과 버스 안에서도 우리는 너무 많은 것을 보고 듣습니다. 때때로 이런 정보들이 헛헛한 마음을 채운다고 느낄 때도 있습니다.

그런데 곰곰이 한번 되짚어보세요. 당신이 일상적으로 접하는 정보는 긍정적인 내용이 많나요, 부정적인 내용이 많나요? 연예인의 불미스러운 사건부터 정치계의 불명예스러운 일까지, 부정적인 정보가 훨씬 많지 않나요? 감당하기 어려울 정도로 쏟아지는 정보 속에서 내게 이로운 정보만을 찾아서 접하기란 쉽지 않습니다.

신체 건강을 위해 "탄수화물을 너무 많이 섭취하네요. 줄이세요"라고 식단 조절을 권해주는 사람은 있지만, 마음 건강을 위해 "정보를 너무 많이 접하네요. 줄이세요"라고 정보 제한이 필요하다고 말해주는 이는 없습니다.

정보를 많이 접하는 게 무조건 나쁘다는 뜻은 아닙니다. 문제

하루종일 스마트폰으로 보는 정보 중에 '좋은 소식'은 얼마나 있나요?

는 정보를 주체적으로 선택하지 않고 수동적으로 받아들이는 데 있습니다. 예를 들어, 온종일 텔레비전이나 라디오를 켜놓는다고 상상해보세요. 나와 전혀 관계없는 정보가 귀에 들어옵니다. 적극적으로 여러 정보를 고르는 것과 수동적으로 정보를 수용하는 것은 전혀 다릅니다.

마음의 빈 곳을 의미 없는 것들로 채우는 상황에서 벗어나려면 우선 스마트폰과 조금 떨어져 있는 시간이 필요합니다. 말은 쉽지만 실제로 스마트폰은 우리 생활과 떼려야 뗄 수 없는 존재지요. 그러니 쉽게 할 수 있는 부담 없는 일부터 시작해보세요.

집 앞에 잠시 외출할 때나, 산책하러 갈 때만이라도 스마트폰을 집에 두고 가면 어떨까요? 이동할 때 스마트폰을 가방 속 깊숙이 넣어서 습관적으로 보는 걸 방지하는 방법도 좋습니다. 침실 문 앞에 작은 테이블을 놓고, 그곳에 스마트폰을 두고 잠자리에 드는 것도 방법입니다. 별것 아닌 것 같아도 서서히 거리를 두면 큰 변화를 느낄 수 있습니다.

SNS에서 친구의 결혼 소식을 보고, 이별한 연인이 새로운 연애를 시작했다는 걸 알게 되고, 안 좋게 퇴사한 회사가 예전보다 더 승승장구하는 걸 보면 우리는 때때로 동요합니다. 하지만 잘 생각해보세요. 이런 정보들은 내 인생에서 그리 중요한 것이 아닙니다. 그런 정보들로 나의 멘탈이 좌지우지되도록 내버려두지 마세요. 만약 이런 정보를 들었을 때 조금이라도 흔들린다면, 부정적인 정보를 제한하거나 아예 차단함으로써 '밖'으로 향해 있던 시선을 '안'으로 돌리도록 노력해보세요. 부정적인 정보를 수동적으로 받아들이다 보면 자기도 모르는 사이에 시선이 밖으로 고정됩니다. 이런 환경에서는 불안감이 점차 자라나 멘탈을 망가뜨릴 수 있습니다.

우리는 너무 많은 정보를 접합니다. 지쳐 있을 때는 정보와 거리를 두세요. SNS를 매일 보지 않아도 큰일 나지 않아요. SNS 팔로우 수를 줄여서 자신과 상관없는 정보는 최대한 접하지 않도록 주의를 기울여보세요. 저 역시 불필요한 정보를 보지 않기 위해서 적정 팔로우 수를 유지하는 데 신경 쓰고 있습니다.

부정적인 정보는 멀리하세요. 나에게 필요한 정보만 보기에도 시간이 충분치 않아요. 긍정적이고 이로운 것들만 보면서 마음의 건강을 챙기세요. 스마트폰을 잠시 내려놓고 자연과 가까이 하세요. 평소에는 가방 속 깊숙이 넣어두어도 좋답니다.

이제는 떼려야 뗄 수 없는 스마트폰

부정적인 정보로부터 멀어지기 위해
스마트폰과 거리 두는 연습이 필요하다.

대출

집 앞에 잠깐 나갈 때는
집에 두고 나오고

이동할 때는 가방에 깊숙이 넣어둔다.

내가 나의 '마음 건강'을 위해서 하는 일

평범한 날에도
좋은 일은
있다

"오늘 하루 어떤 좋은 일이 있었나요?"

갑자기 이런 질문을 받으면 선뜻 대답하지 못하는 사람이 많습니다. 저는 습관 하나가 있습니다. 매일 '좋았던 일' 세 가지를 노트에 적는 것입니다. 감히 말하지만 이 습관은 인생을 바꿀 만한 힘이 있습니다.

날마다 좋았던 일을 더듬어보면 매일 똑같아 보이던 일상에 좋은 일이 가득하다는 걸 새삼 발견하게 됩니다. 특별한 일이 생겼거나 기분이 내키는 날에만 적는 것이 아니라 습관처럼 매일 적습니다. 특별하게 좋은 일이 있는 날에만 쓰려고 하면 특별한 일이 없는 날은 아무것도 적지 못하겠지요.

그런데 혹시 이런 생각을 해봤나요? '인생에서 좋은 일이 없는 날이 과연 있을까?' 어느 정도가 좋은 일에 해당되는 것인지는 사람마다 다르겠지만, 저는 '오랜만에 청소를 했더니 방이 깨끗해졌다', '스타벅스에 새로 나온 음료를 마셨다', '며칠 동안 계속 비가 왔는데, 오늘 날씨가 아주 맑았다'처럼 정말 사소한 것들도 좋은 일이라고 여깁니다. 복권에 당첨이 되거나 옛 친구를 길거리에서 우연히 만난 것과 같은, 평생에 한 번 있을까 말까 한 특별한 일을 좋은 일로 한정하지 않습니다.

특별한 일에만 주목하면 일상의 소소한 것들에 대한 고마움을 놓쳐버립니다. 좋았던 일을 노트에 적는 습관은 날마다 좋은 일이 있다는 생각을 마음에 새겨주고, '오늘도 좋은 일이 있을 거야!' 하고 하루를 시작하게 하지요. 매일 좋은 일이 있다고 생각하면 일상의 행복을 쉽게 발견할 수 있어요. 앞서 이야기한 것처럼, 날씨가 좋은 것만으로도 선물을 받은 것 같거든요. 인생을 더 나은 방향으로 바꾸려면 날마다 좋은 일이 있다는 믿음이 매우 중요합니다.

처음으로 대면 멘탈 트레이닝을 진행했던 때가 떠오릅니다. 대면 트레이닝을 계획했을 때 스스로 도전하는 의미로 일부러 의뢰인을 모으기 힘들 것 같은 장소인 오키나와를 택했습니다. 참가자가 적어도 괜찮다고 생각했는데, 예상보다 많은 사람이 모였고 프로그램도 순조롭게 진행되어 처음 준비할 때의 불안감이 무색할 정도였습니다.

스스로 만족하기도 했지만, 참가자들에게도 큰 호평을 받아 이 일을 시작하길 잘했다고 생각했습니다. 그날 밤에는 벅찬 마음에 잠도 잘 자지 못했어요. 그리고 마지막 날, 멘탈 트레이닝 장소인 카페로 가는 길에 앞서 함께했던 참가자 네 명 전원에게서 참여하기 어렵다는 연락을 받았습니다. 시작하기 불과 한 시간 전이었지요. 네 사람 모두 개별 신청을 한 참가자였고, 서로 아는 사이도 아니었습니다.

갑작스럽게 일정이 모두 취소되니 여러 가지 생각이 들더군요. '내가 뭘 잘못했나?', '무엇이 부족했을까?' 처음으로 계획한 프로그램이었는데, 이렇게 되니 초조하고 불안했습니다. 오키나와가 싫어질 지경이었지요. 그때 '이런 상황에서 좋은 점은 없을까?' 하고 생각을 바꿔보자고 마음먹었습니다. 한편으로는 멘탈 트레이너로서 이 상황을 어떻게 받아들일지 나를 시험해보자는 생각도 있었습니다.

그렇게 생각을 바꿔보니 갑작스러운 상담 취소로 오키나와를 관광할 기회가 생겼다는 생각이 들었습니다. 덕분에 오키나와의 명물 고야참플(여주와 갖은 채소를 볶은 요리 ― 옮긴이)과 오키나와 소바(일본의 소바는 주로 메밀로 만들지만 오키나와 소바는 밀가루로 만든 면을 사용한다 ― 옮긴이)를 만끽할 수 있었습니다. 그리고 집으로 돌아오는 비행기에서 '오키나와 정말 최고였어. 꼭 다시 와야지' 하고 다짐했습니다.

위기를 기회로 바꾼 경험이었습니다. 이런 생각의 전환은 평소 좋은 일 찾기 연습을 한 덕분에 가능했습니다.

"오늘 하루 어떤 좋은 일이 있었나요?"

이 질문으로 하루를 돌아보는 관점을 알 수 있습니다. 우리는 흔히 "바빴어요", "야근했어요"처럼 나빴던 일에 주목합니다. 선배가 커피를 사 주고 후배에게 감사 인사를 받는 등 좋은 일도 분명 있었을 텐데, 그런 부분에 일상의 초점을 맞추는 사람은 많지 않습니다.

저는 매일을 '최고의 하루'로 만들기로 마음먹었습니다. 좋은 일이 있어서 '좋은 날', 나쁜 일이 있어서 '나쁜 날'이 아닙니다. 365일 매일 좋은 날, 최고의 하루로 만들겠다고 결심하면 됩니다. 설령 나쁜 일이 일어나도 불행 중 다행으로 여기려고 노력합니다. 당신도 날마다 오늘의 좋은 뉴스를 발견하는 재미를 꼭 느껴보시기 바랍니다.

오늘의 좋은 일은 무엇인가요? 좋은 일이 없는 날은 없어요. 없다고 느낀다면 그저 발견하지 못했을 뿐이에요. 일상의 좋은 일을 하나씩 찾아가며 날마다 노트에 적어보세요.

오랜만에 청소했더니 개운하네~

와~ 날씨 좋다!

맛있다!

날마다 좋았던 일을 더듬어보면
매일 똑같아 보이는 일상에도
좋은 일이 가득하다는 걸
새삼 발견한다.

내 인생은
이제 막
페이지를 넘겼다

자신이 아무것도 아닌 존재처럼 느껴진다면 만화책을 최신 호부터 거꾸로 읽어보세요. 이런 제안이 살짝 당황스럽나요? 우선 속는 셈 치고 한번 해보세요. 단순하지만 효과는 확실합니다.

방법은 아주 쉬워요. 만약 20권까지 나온 만화책이라면 20권을 먼저 읽고, 그다음에 19권, 그다음에 18권 순으로 읽는 겁니다. 왜 이렇게 읽느냐고요?

만화책을 거꾸로 읽는 이유는 주인공의 '시작점'을 돌아보기 위해서입니다. 만화 속 시간을 거슬러 가다 보면 지금 활약하는 주인공도 우여곡절을 겪기 전에는 그저 작고 약한 존재였다는 사실을 깨닫게 되거든요.

외롭고 쓸쓸할 때 모든 면에서 잘나 보이는 사람과 자신을 비교하며, '저 사람은 재능을 타고났나 봐…' 하고 기분이 가라앉고 위축된 적 없나요? 저도 예전에는 한 분야에서 뛰어난 능력을 가진 사람을 보고 부러워한 적이 있습니다. '저 사람은 태어날 때부터 아예 다른 부류'라고도 생각했습니다. 그러면서 동시에 '나는 왜 이렇게 태어났을까?'라고 생각했지요. 세상에는 다양한 사람들이 있고, 살면서 이런 기분이 들게 하는 사람들도 빈번하게 등장합니다.

이런 기분이 들 때면 저는 만화를 거꾸로 읽습니다. 거슬러 읽어가다 1권에 이르면 얼마나 척박하고 절망적인 상황에서 주인공의 이야기가 시작되는지 알게 됩니다. 대체로 만화 속 주인공들은 가난하고 어디에도 의지할 데가 없지요. 싸움을 하면 늘 지고, 주변에 믿을 만한 사람도 하나 없어서 하는 일마다 실패하고 고난을 겪습니다.

그래도 주인공들은 하나의 공통점이 있습니다. 실력이나 능력이 없을 때도 담대한 꿈을 가지고 있다는 것이지요.

이야기의 순서를 거슬러 읽으면 최신 호에서 활약하기까지 한 발씩 나아가기 위해 주인공이 어떻게 변해왔는지가 자연스럽게 눈에 들어옵니다. 때로는 다시 일어서지 못할 만큼 좌절하고 보잘것없는 자기 모습에 괴로워하기도 합니다. 하지만 이미 결말을 알고 있는 우리는 주인공이 그 과정을 어떻게 이겨냈는지 알지요.

사람들은 주로 현재를 기준으로 생각합니다. 지금 상황에서 노력해서 더 나은 미래를 만들려고 합니다. 생각의 관점이 현재에서 미래로 흐르는 것이지요. 그러나 책을 거꾸로 읽으면 시간이 현재에서 과거로 이동하며 평소 생각의 흐름과는 반대가 됩니다. 이런 관점에서 생각하면 지금 '하고 싶은 일'이 아니라 지금 '해야 하는 일'이 무엇인지도 알 수 있습니다.

눈앞에 닥친 일에만 얽매이면 아무것도 변하지 않습니다. 만화 속 주인공이 온종일 스마트폰 알람에만 신경 썼다면 꿈을 이

괜찮아.
지금은 꽃을 피우는 과정일 뿐이야.

루지 못했을 겁니다. 지금 해야 할 일을 찾으려면 꿈을 이룬 자신의 모습을 선명하게 그려보면 됩니다. 미래에 자신이 어떤 모습일지 뚜렷하게 이미지를 그려놓으면 현재 힘들어도, 험난한 길을 걷는 것 같아도 '꿈에 가까워지는 중'이라고 생각해서 견딜 수 있습니다.

성공한 사람도 처음에는 당장의 '변화'를 바라는 그저 보통 사람이었습니다. 과거 자신이 있던 자리에서 한 걸음씩 내디뎌 오늘의 성공을 손에 넣은 것이지요. 현재 눈에 보이는 반짝거림은 어디까지나 그 사람의 서사 중 한 조각일 뿐입니다. 화면에 비치는 모습이나 기사의 인터뷰 몇 줄로 연예인을 판단하듯 우리는 눈에 보이는 일부만 보고 모든 걸 판단하기 쉽습니다. 보이는 부분의 이면에는 반드시 보이지 않는 부분이 있다는 사실을 기억하세요.

저는 독서를 즐겨하고 좋아합니다. 그 이유는 책에는 한 인물이 무언가를 이루기 위해 수많은 시행착오를 겪고 그 벽을 넘어서는 스토리가 담겨 있기 때문입니다. 책에서 저자가 겪은 시행

착오의 과정을 보면 '완벽해 보이는 저자도 나처럼 어려움을 겪었구나'라는 공감이 생겨서 힘이 납니다. 저는 예전부터 책을 쓰는 게 꿈이었습니다. 그래서 작가가 주인공인 만화책을 거꾸로 읽으면서 '그래, 나도 꿈을 위해서 도전해보자!' 하고 용기를 얻었지요.

내가 아무것도 아닌 것 같다고 느껴지거나 새로운 삶을 향한 의지를 다지고 싶을 때, 우리는 운동을 시작하거나 '한 달에 몇 권 읽기' 같은 독서 목표를 설정합니다. 하지만 제대로 시작도 하지 못하고 실패로 끝나는 경우가 많아요. 만화는 읽기에 부담이 없습니다. 달라지고 싶다면 성공한 사람의 과거 출발 지점에 지금의 당신이 서 있다고 생각해보세요. 만화를 최신 호부터 거꾸로 읽으며, 지금 여기에서 다시 시작한다는 용기를 얻었으면 좋겠습니다.

만화를 최신 호부터 1권까지 거꾸로 읽다 보면 지금은 모든 걸 이룬 완벽하고 강한 주인공이 한없이 나약했던 시절을 볼 수 있어요. 나와 만화 속 주인공이 다르다고 생각하지 마세요. 지금은 그저 당신 인생의 1권일 뿐이에요. 앞으로 결말까지 20권이 남 았다는 걸 잊지 마세요.

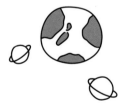

3장

나만 동떨어진 느낌에
괴로울 때

'관계'의 불안을 슬기롭게 전환하기

당신의 고독을 보듬어줄 수 있는 사람은

오직 당신밖에 없습니다.

다른 이가 무심코 던진 말에 상처받거나

외로워질 때가 있지요.

그럴 땐 당신도 상대방을 탓하지 말고,

자신만의 '편안한 장소'에서

솟아난 고독을 다독여주세요.

연락의 빈도가
관계의 깊이는
아니다

"연인에게 답장이 오지 않아요."

"친구의 연락이 갑자기 끊겼어요."

"어제까지는 메시지에 이모티콘이 섞여 있었는데, 오늘은 글자만 있어서 거리감이 들어요."

저를 찾아온 많은 분들이 이런 이야기를 합니다. 인간관계에서 소통은 아주 중요합니다. 그래서 이런 고민을 하는 분들이 많지요. 내가 보낸 메시지에 상대의 답이 늦거나 없으면, '나를 싫어하나?', '다시 메시지를 보내면 집요하다고 생각할까?'라는 생각들이 꼬리에 꼬리를 물고 고민은 점점 깊어집니다. 하지만 연락이 오지 않는다는 사실 하나로는 상대방이 무슨 생각을 하는지 알 수 없습니다.

연인 사이에서 연락의 빈도로 사랑의 크기를 판단하는 사람들이 있습니다. 처음 만나 사귀기 시작하면서 한창 마음이 커지는 시기에는 부지런히 연락을 주고받습니다. 그리고 시간이 지나면서 서로에게 익숙해지면 시시콜콜 주고받던 연락이 조금씩 줄어듭니다. 연락의 빈도가 애정의 크기라고 생각하는 사람들은 예전만큼 연락이 자주 오지 않으면 '내가 뭘 잘못했나?', '내가 싫어진 걸까?' 하고 고민에 빠지기도 합니다.

사실 연락하는 횟수는 중요하지 않습니다. 쉴 새 없이 연락하는 사람이 바람둥이일 수도 있고, 연락이 적어도 순애보인 사람이 있으니까요. 한 번은 의뢰인이 이런 이야기를 했습니다.

"제 애인은 제가 연락을 더 자주 하기를 바랍니다. 그 마음도 이해는 되지만 지금 회사 일 말고 다른 일도 하면서 독립이니 이직이니 여러 가지로 정신이 없어요. 이 상황에서도 연락을 더 자주 해야 할까요?"

　의뢰인은 연인과 함께할 미래를 구체적으로 계획할 정도로 사랑이 깊었습니다. 그런데도 얼마 후 연인에게 "내가 싫어진 거지?"라는 말을 들었다고 합니다. 이 경험으로 의뢰인은 상대방이 연락 횟수로 애정을 판단한다는 것을 머릿속에 새겨두고 혼자만의 시간이 필요할 때는 "회사 일 때문에 머리가 복잡해서 내일 연락할게" 하고 미리 상황을 설명한다고 합니다. '말로 하지 않으면 전해지지 않는다'는 것을 철칙으로 삼고 충분히 대화를 했더니 두 사람의 관계는 다시 원만해졌습니다.

　연인관계뿐 아니라 모든 인간관계가 그렇습니다. 직접 만나 얼굴을 보면서 툭 터놓고 사정을 이야기하면 오해도 안 쌓이고 마음이 놓이겠지만, 휴일이 서로 다르거나 거리가 멀다는 현실적인 이유로 전화 통화나 메시지에 의존하는 경우가 많습니다. 그래서 연락의 빈도로 애정의 깊이를 판단하게 되지요. 하지만 진짜 중요한 것은 연락의 빈도가 아니라 내용입니다. 진심이 담긴 내용이라면, 상대방에게 시시콜콜 전하지 않아도 절대 거리감을 느끼거나 혼자 상상의 나래를 펼치게 하는 일은 없을 겁니다.

어떤 내용을 보내면 좋을지는 다른 사람이 알려줄 수 없지만, 보내지 말아야 할 내용은 있습니다. 실제로 의뢰인들이 문제 상황을 겪는 사람과 주고받은 메시지를 보면 놀랍습니다. 상대방이 답변하기 힘든 내용을 너무 많이 보내거든요.

일방적으로 일기 같은 메시지를 보내는 게 그중 하나인데, "오늘 상사하고 한잔했어"라고 하면 "그랬구나"라는 답변 이외에는 딱히 할 수 있는 말이 없습니다. 상대방과 재밌게 메시지를 주고받지 못한다고 서운해하지만, 일기 같은 메시지로는 당연히 대화가 무르익을 수 없어요.

자신이 하고 싶은 말을 그대로 전하기 전에 메시지를 받는 상대방의 눈으로 내용을 확인하는 과정이 필요합니다. '보내기' 버튼을 누르기 전에 잠시 멈추고 메시지를 다시 찬찬히 읽어보세요. 상대방의 입장에서 당신이 보내는 메시지를 읽는다면 어떤 기분일지 생각해보면 쉽습니다. 상대방을 좀 더 배려하면 더 나은 관계를 만들어갈 수 있어요.

연락의 빈도가 관계의 깊이를 대변하는 건 아니다.

127

연인이나 친구가 자신을 밀어내는 느낌이 드나요? 그저 착각일 수도 있습니다. 혼자 판단하기 전에 우선 차분하게 기다립니다. 만나서 직접 얼굴을 보지 않았으니 상대방의 마음이 어떤지는 알 길이 없어요. 혹시 조금이라도 짚이는 일이 있으면 충동적으로 메시지를 보내지 말고 상대방을 배려하며 적절한 단어를 골라 생각을 전하세요. 이미 보낸 메시지 때문에 후회하고 있다면, 추가로 또 메시지를 보내지 말고 전화를 걸거나 직접 만나서 확실하게 사과하고 이야기하는 편이 좋습니다.

연락을 얼마나 자주 하는지는 그 사람의 '마음'과는 관계가 없어요. 연락이 자주 오지 않는다고 마음이 식었다고 생각하지 마세요. 관계를 유지하는 건 연락보다 진심이고, 관계를 망치는 건 착각과 억측입니다.

마음이 편한
'나만의 장소'
만들기

카페, 헬스장, 사회인 모임처럼 집과 회사 외에 자신의 본모습을 드러낼 수 있는 제3의 장소, 즉 마음이 편한 '나만의 장소'가 있나요? 자신의 진짜 모습, 포장되지 않은 민낯의 모습을 드러낼 수 있는 마음 편한 장소가 없을 때 사람은 외로움을 느낍니다.

의뢰인 K는 SNS를 시작한 지 한 달 만에 1만 명이 넘는 팔로워를 얻었지만, 비슷한 시기에 SNS를 시작한 인플루언서보다 팔로워 수가 적다는 사실에 초조했습니다. K는 줄곧 그 사람과 자신을 비교하면서 라이벌이라 여기고 있었지요.

당신의 진짜 모습을 보여줄 수 있는

장소나 사람이 있나요?

살면서 때로는 경쟁도 필요합니다. 하지만 정신적 에너지만을 소모하는 경쟁은 득보다 실이 많습니다. 저는 K에게 경쟁의식을 가지지 말라고 조언했습니다. 그릇된 경쟁은 자신을 성장시키지 못하니까요. K는 제 조언을 듣고, "그 사람은 열심히 한 만큼 성장했어요"라며 상대를 인정하고 받아들였습니다. 그리고 오래지 않아 K는 그 사람에게 "멋있어요!" 하고 응원의 메시지를 보냄으로써 경쟁에서 완전히 벗어났습니다. 그 후 그 사람과 더욱 가까워져 협업을 하면서 자신의 SNS도 더 성장시킬 수 있었습니다.

"제게는 선생님이 마음 편한 장소예요. 멘탈 트레이닝을 하는 것도요."

멘탈 트레이닝으로 경쟁의식을 버린 후 아주 많이 변한 K에게 마음 편한 장소가 있는지 물은 적이 있습니다. K는 제게 멘탈 트레이닝을 하는 것 자체가 마음 편한 장소라고 했습니다. 친한 친구들에게도 말하지 못했던 자신의 약한 모습, 바닥에 있는 마음, 한심한 부분까지도 저에게 모두 터놓고 이야기하면서 마음이 편안해지고, 많이 달라졌다고 했습니다.

이것이 바로 마음 편한 장소가 필요한 이유입니다. 마음 편한 장소라고 하면 실질적인 '공간'을 떠올리겠지만, 공간뿐 아니라 사람과 물건, 행하는 모든 것이 마음 편한 장소가 될 수 있습니다. 당신은 자신의 진짜 모습, 꾸밈없고 나약하고 한심한 부분까지 보여줄 수 있는 장소가 있나요?

의뢰인 P는 테니스를 배우러 다닙니다. 시작한 지 얼마 되지 않아 실수만 연발하는 상태지만, 매우 행복하다고 합니다. 주변 사람에게 연신 실수하는 모습만 보이지만, P는 '테니스가 서툰 나'를 스스로 받아들였기 때문에 테니스 수업에 부담을 느끼지 않습니다.

자기 실력 이상으로 애쓰거나 강한 척하지 않고 자신을 있는 그대로 내보일 수 있는 장소가 있다는 건 인생에서 매우 중요해요. 자신을 내려놓을 수 있는 장소에서는 '약한 모습을 보여도 나의 가치는 내려가지 않는다'라는 사실을 깨닫게 되거든요.

우리는 기를 쓰고 약한 모습을 감추려고 합니다. 자신이 약하

다는 걸 타인에게 들키면 자신의 가치가 내려간다고 생각하기 때문이에요. 하지만 약한 부분을 타인에게 보인다고 해서 당신의 가치가 떨어지는 게 아니에요. 오히려 당신의 약함을 드러내고 나면 더는 감출 필요가 없어지니 어깨에 잔뜩 들어가 있는 힘이 빠져 행동이 훨씬 자연스럽고 자유로워집니다. 자연스레 활동량이 많아지니 자신의 가치는 오히려 더욱 올라갑니다.

"나는 엄마니까 강해야 해!"
"회사 임원이니까 직원들 앞에서 약한 모습을 보이면 안 돼."

역할, 직위, 위치 등 때문에 약한 모습을 좀처럼 보이기 어려워하는 사람도 있습니다. 그런 사람일수록 자신을 내려놓을 편안한 장소를 찾아 마음 건강을 지켜야 합니다. 저는 그런 장소로 온라인 커뮤니티를 꾸려보는 걸 추천합니다. 저 또한 실천하는 방법입니다. 저는 자존감 트레이닝을 위한 커뮤니티를 만들었는데, 그곳에서 자존감을 높이는 트레이닝을 하면서 동시에 회원들이 서로 활발하게 교류하도록 했습니다. 커뮤니티 내 규칙은 오직 한 가지입니다. "누구도 다른 이의 의견을 비평하거나 부정하지 않는다." 커뮤니티는 지금도 활발하게 운영되고 있습니다. 아무리 힘들고 슬픈 상황이라도 어디든 마음을 기댈 곳이 있으면 혼자가 아니라는 안도감을 느낄 수 있습니다.

당신에게는 그런 장소가 있나요? 인간관계는 혼자서 만들지 못합니다. 반드시 다른 누군가가 존재해야 하지요. 자신을 내려놓을 수 있는 편안한 관계를 어디서 만들 수 있을까요? 자신의 관심사, 취미와 관련된 그룹에 들어가기를 추천합니다.

책을 좋아하는 사람은 책을 좋아하는 사람들이 모인 곳에, 서핑을 좋아하는 사람은 서핑을 좋아하는 사람들이 모인 곳에 들어가보세요. 다른 이와 연결되어 있다고 느끼면 심리적 안정을 찾을 수 있습니다.

그런데 이런 연결을 어떻게 만들어야 하는지조차 모르는 사람이 많습니다. 실제로 상당수의 의뢰인이 "그런 그룹을 찾고 싶어도 막상 어떻게 찾아야 할지 모르겠어요"라고 어려움을 토로합니다. "다른 사람에게 좀 더 의지해도 괜찮아요"라는 SNS 게시글에는 "의지할 사람이 없어요"라는 댓글이 많이 달립니다.

이런 경우 인터넷을 적극적으로 활용하기를 추천합니다. 오프라인보다는 접근이 쉽고, 비용을 들이지 않고도 마음 맞는 사람들과 교류할 수 있는 장소가 얼마든지 있습니다. SNS를 활용해도 좋습니다. SNS를 이용하는 데 돈, 시간, 커뮤니케이션 능력은 관계없으니 가벼운 마음으로 시작해보세요.

우선 SNS에서 자신의 취미나 관심사를 검색합니다. 같은 취미를 가진 사람, 같은 관심사를 가진 사람이 생각보다 많아서 놀랄 수도 있어요. 공통의 관심사로 연결된 사람과 커뮤니티를 금방 발견할 수 있을 거예요.

책을 좋아한다면 좋아하는 작가 이름을 검색해보세요. 작가의 계정을 팔로우해도 좋고, 그 작가를 좋아하는 사람을 팔로우해도 좋습니다. 공통의 관심사로 대화해보고 싶은 사람이 눈에 들어올 수도 있습니다. 같은 것을 좋아하는 사람끼리는 친근감을 느끼며 금세 의기투합하게 되지요. 공통의 관심사를 공유하며 관계를 쌓다 보면 힘든 순간에도 자신의 진짜 모습을 보일 수 있을 거예요.

'내 취미는 대중적이지 않은데….' 혹시 이런 걱정을 하고 있진 않나요? 괜찮아요. 아무리 비주류 분야라도 인터넷을 활용하면 아주 높은 확률로 같은 관심사를 가진 사람을 찾을 수 있습니다. 여기서 중요한 점은 자신의 민낯을 드러내며 마음을 터놓을 수 있는 장소를 찾는 데 목적이 있다는 것입니다.

참여한 커뮤니티가 이런 목적에 맞지 않는 경우, 즉 자신의 본 모습을 드러낼 수 없거나 털어놓아도 받아들여지지 않을 때는 새로운 커뮤니티를 찾아봐도 괜찮습니다. 사람은 저마다 가치관이 다르므로 마음이 맞는 사람, 맞지 않은 사람이 있기 마련입니다. 한 커뮤니티가 자신과 잘 맞지 않았다고 실망할 필요는 없어요. 자기에게 맞는 사람, 자기에게 꼭 맞는 커뮤니티는 반드시 있으니까요.

또 자신의 진짜 모습을 언제 보여야 될지 몰라서 망설이는 의뢰인이 많은데, 저는 "가능한 한 빨리"라고 대답합니다. 우리는 일상에서 많은 것을 꾸미면서 지냅니다. 특히 직장에서는 나의 민낯을 제대로 보여주기 어렵지요. 마음 편한 장소를 찾기 위함인데, 직장에서처럼 나를 포장하고 숨긴다면 의미가 없습니다. 그러니 되도록 빨리 자신의 진짜 모습, 약하고 한심한 모습을 편하게 보여주세요. 단, 제멋대로 행동하라는 뜻은 아닙니다. 인간 대 인간으로 관계를 맺을 때 지켜야 할 선은 지키되, 자신을 있는 그대로 보여주라는 뜻입니다.

외로움을 혼자 끌어안고 있지 마세요. 당신의 외로움과 약한 모습을 있는 그대로 받아줄 사람은 분명 있습니다.

집이나 회사에서는 나의 본모습을 그대로 드러내기 힘들지도 몰라요. 한숨 돌릴 수 있고, 나의 나약한 부분까지 드러낼 수 있는 마음의 버팀목이 되어줄 장소를 찾아보세요. 나의 민낯을 서슴없이 보여줄 수 있는 든든한 곳이 있다면, 세상에 두려울 것이 무엇일까요.

세상에 나 혼자만 있는 것 같은 날

나 너무 한심해.

아니야,,!

실수는 잊어버리고,
다시 기운내서 앞으로 가면 돼!
나랑 가자!

우린 너를 언제나 응원해!

너는 최고야!

그런 날에는
내가 나를 응원해야 한다.

나는
나의
팬클럽

그런 날이 있지요. 내가 세상에 필요 없는 사람처럼 느껴지고, 가치 없는 것처럼 느껴지는 날이요. 그런 날이면 무엇을 해도 기분이 가라앉아서 스스로를 한심해하고, 내 모습을 있는 그대로 받아들이고 보듬어주기도 버겁습니다. 어떻게 해야 이 우울한 기분에서 벗어날 수 있을까요? 이럴 때 저는 '마음속 팬클럽 만들기'를 추천합니다.

'아, 상담할 상대가 아무도 없다니…. 난 정말 혼자구나.'
'이제 누구도 만나지 못하고 이대로 평생 혼자겠지?'

140

일이나 인간관계가 잘 풀리지 않아 축 처지는 날, 자신도 모르게 스스로를 다그치게 되나요? 만약 여기 당신에게 120퍼센트의 애정을 쏟아붓는 팬클럽이 있다면 어떤 말을 해줄까요?

"괜찮아. 맛있는 거 먹고 기분 전환해."
"실수는 잊어버리고 다시 기운 내서 앞으로 가면 돼!"
"다음에는 분명 괜찮을 거야. 힘내!"

이렇게 용기를 북돋아주지 않을까요? 자꾸만 자신을 깎아내리고 몰아세우게 되는 날, '나를 응원하는 팬클럽이 있다'라고 상상해보세요. 이왕이면 한 명보다 여럿이 좋겠지요. 한 명뿐이면 부정적인 마음의 소리가 더 커질 때 자칫 응원이 묻혀버릴 수도 있으니 팬클럽은 적어도 세 명 이상이 좋습니다.

생각은 한번 자리 잡으면 점점 단단해지는 특성이 있습니다. '나는 형편없는 사람이야'라는 자책이 마음속에 자리 잡으면 그 생각은 시간이 지날수록 더욱 강해집니다. 그 반대도 마찬가지입니다. '나는 할 수 있다', '나는 괜찮다'라고 되뇌면 이 생각도 강화됩니다.

어느 날 한 의뢰인이 저를 찾아와서 "저는 머리가 나쁘고 게을러요"라며 한숨을 쉬면서 이야기한 적이 있습니다. 특별한 근거는 없습니다. 그저 자기가 '머리 나쁘고 게으른 사람'이라고 믿고 있을 뿐입니다. 자기 자신을 머리 나쁘고 게으른 사람이라고 정해버리면 뭔가에 흥미가 생겨도 '어차피 머리가 나쁘니까 뭘 해도 소용없겠지'라며 아예 시도조차 하지 못합니다.

예를 들어, 하루 30분 걷기를 습관으로 만들겠다고 다짐했어도 컨디션이 좋지 않거나 야근으로 피곤한 날은 걷고 싶지 않겠지요. '오늘은 너무 피곤하니까 건너뛰어도 되지 않을까?'라는 생각이 머릿속을 맴돌 거예요. 그때 당신 마음속에 팬클럽이 있다면 어떨까요?

"오늘은 30분이 아니라 10분만 할까?"
"지금 걸으면 다이어트 효과가 확실하게 나타나겠다!"
"땀 흘린 후에 샤워하면 얼마나 상쾌할까!"

응원과 격려의 말에 힘을 얻어 '오늘도 한번 해볼까?'라는 마음이 절로 들지 않을까요? 마음속 팬클럽의 격려는 앞으로 한 걸음 더 내디딜 의욕을 불러일으킵니다. 팬클럽의 활약은 내면의 소리를 바꿔놓습니다. 자신을 응원하고 격려하는 팬클럽의 목소리가 커지면 커질수록 스스로 자책하는 목소리는 점점 줄어들 것입니다.

팬클럽만큼 힘이 되는 게 있습니다. 바로 응원가입니다. 야구부에서 활동하던 시절, 제가 타석에 설 때면 학교 관악부가 퀸의 〈We will rock you〉를 연주해주었습니다. 저를 위한 응원가였던 셈이지요. 그 응원가가 흐르면 배트를 쥔 손에 저절로 힘이 들어갔습니다. 나 혼자 파이팅을 외칠 때보다 다른 이에게 응원을 받으면 한계라 여겼던 순간에도 더 나아갈 힘이 생깁니다.

마음속 팬클럽을 만들어보세요. 당신만의 팬클럽은 좋은 일에도 나쁜 일에도 애정 가득한 응원을 해줄 테니까요. 나만의 응원가를 정해도 좋아요. 듣기만 해도 기분이 좋아지고 힘이 나는 음악이 있다면, 곁에 두고 자주 들으면서 스스로를 격려해주세요.

외로울 때나 지칠 때,
기분이 가라앉을 때마다 찾아 듣는 노래가 있다.

'인생'이라는
영화의 주인공은
바로 나

아무도 만나지 않고 한마디도 하지 않는 환경에서는 기분이 가라앉기 쉽습니다. 그런 날은 좋아하는 음악을 들어보세요. 어떤 장르, 어떤 가수의 곡이든 좋습니다. 요즘 유행하는 노래가 아니어도 괜찮아요. 자신이 좋아하는 음악이면 됩니다. 좋아하는 곡 하나를 여러 번 반복해서 들어보세요.

멘탈이 약해졌다는 것은 마음이 섬세해졌다는 의미입니다. 이럴 때 음악을 들으면 자연히 노랫말을 음미하게 되면서 한결 마음이 편안해집니다. 저는 특히 뮤지컬 영화에 나오는 노래를 듣는 걸 추천합니다.

유명한 뮤지컬 영화를 떠올려보세요. 주인공이 평범하게 길을 걷다가 갑자기 흥겨운 음악이 흘러나오면서 탭댄스를 추고, 주인공은 물론이고 거리를 걷는 엑스트라까지 모두 모여서 함께 춤을 추고 노래를 합니다. 그런 장면은 단조로운 일상을 살아가는 인물을 주인공으로 만들어줍니다.

저는 지금 이 글을 쓰기 전에도 뮤지컬 음악을 들었습니다. 덕분에 키보드 위의 손가락이 춤을 추며 평소보다 몇 배는 빠른 속도로 글을 써 내려가고 있지요. 뮤지컬은 내 안의 '주인공 스위치'를 올려줍니다. 아무 일 없는 평범한 일상에서도 마치 뮤지컬의 주인공이 된 듯한 기분을 느끼게 해줍니다.

의뢰인 D는 아침마다 뮤지컬 음악을 틀고 상상의 나래를 펼치면서 자신만의 주인공 스위치를 켭니다. 그리고 콧노래를 부르며 한껏 들뜬 기분으로 출근하지요. D에게는 상상하면 기분이 좋아지는 스위치가 있는 것입니다.

아무도 만나지 않고 다른 이와 이야기를 나누지 않아도 자기 감정을 조절할 수 있고, 혼자일 때도 기분을 끌어올리는 능력은 삶의 무기가 됩니다. 스스로 기분을 조절하는 힘은 어떤 상황도 좋은 방향으로 받아들일 수 있다는 자신감과 안정감으로 연결됩니다.

이만큼 강력한 무기는 없습니다. 어떤 상상으로 기분 스위치를 켜는지는 상관없습니다. 좋아하는 사람이나 연예인과 데이트를 하는 상상도 괜찮고, 꿈꾸던 여행지를 여행하는 상상이나 맛있는 음식을 떠올려도 좋습니다.

나를 설레게 하는 방법이 무엇일까를 고민한다는 것 자체가 중요하거든요. 그 고민을 한다는 건 내 일상을 어떻게 하면 알차고 만족스럽게 만들지 고민하는 것이기에, 나만의 기분 좋은 스위치를 발견하면 혼자 있을 때나 여럿이 함께할 때나 외로움에 짓눌리지 않고 그 순간을 즐길 줄 알게 됩니다.

만약 당신이 누군가와 '함께'일 때만 즐겁다면, 기분 스위치가 필요한 사람입니다. 혼자 있는 시간을 줄이고 점점 더 다른 사람에게 의존하게 되기 때문이지요. 혼자서도 얼마든지 즐거울 수 있다는 사실을 깨달아야 합니다.

혼자서도 즐겁기 위해서는 '주인공 사고'가 중요합니다. 만약 당신이 영화 속 주인공이라면 누구도 만나지 않는 하루를 어떻게 보내고 있을까요? 영화 속 주인공은 자신을 갈고닦으며 혼자만의 시간을 소중히 활용합니다. 영화에서는 주인공의 이런 노력이 짧게 표현되지만, 현실이라면 하루하루 조금씩 쌓여야만 가능한 일입니다. 이런 시간이 결국 자신을 성장시키는 습관이 되는 것입니다.

인생이라는 영화의 주인공은 바로 당신입니다. 스포트라이트는 당신에게 맞춰져 있어요. 그러니 지금 느끼는 외로움과 불안도 주인공으로서 인생을 헤쳐 나가는 과정이라고 생각하면 어떨까요?

저는 멘탈 트레이너로 독립한 후부터 친구를 만나는 일에 집착하지 않게 됐습니다. 트레이너로서 어느 정도 궤도에 오르는 데 집중했습니다. 그렇게 기량을 갈고닦았기에 이 글도 쓸 수 있었습니다. 미래의 나와 소중한 사람을 위해 내 삶의 주인공은 나라는 걸 늘 기억하세요. 그리고 훗날 '그때 해두길 잘했다'라고 스스로를 칭찬할 만한 일에 시간과 돈을 투자하세요.

뮤지컬에는 평범한 일상을 멋지게 즐기는 방법들이 잔뜩 있어요. 당신은 인생이라는 영화의 주인공이에요. 그러니 외로움이 찾아오는 시간도 근사한 다음 장면을 준비하는 소중한 시간으로 만들어보세요.

우울한 날이면 주변의 모든 것들이 희미해 보인다.

그런 날이면
내가 영화 속 주인공이 된
상상을 한다.

꺄아~   너무 멋져!   너가 최고야!

상상만으로도 기분이 좋아지는
나만의 '주인공 스위치'가 필요하다.

받는 것만큼
주는
기쁨의 크기

선물을 받는 것만큼이나 주는 기쁨도 큽니다. 마치 산타클로스처럼 정기적으로 다른 사람에게 선물을 건네면 일상이 훨씬 풍요로워집니다. 선물을 받은 사람에게 더 큰 응원과 격려를 받게 되거든요.

저는 매주 멘탈 트레이닝을 받는 의뢰인들 중 세 명에게 커피 기프티콘을 선물합니다. 매달 말에는 또 다른 세 명에게 카이츠카 군고구마(이바라키현에 있는 유명 군고구마 브랜드 ─ 옮긴이)도 선물합니다. 그러면 의뢰인들이 감사 답신을 보내주는데, 그 메시지와 사진에서 기뻐하는 의뢰인들의 마음이 고스란히 담겨 있어서, 메시지를 보면 덩달아 기분이 좋아집니다.

커피 쿠폰을 선물하는 데는 감사의 마음뿐만 아니라 다른 이유도 있습니다. 의뢰인이 카페에서 혼자만의 시간을 만끽하기를 바라는 마음에서입니다. 군고구마를 선물할 때는 행복의 연쇄반응을 노립니다. 선물하는 군고구마는 2킬로그램 정도로 다소 많은 양을 보내는데, 혼자 먹기에는 양이 많으니 가족이나 이웃, 직장 동료들과 함께 나눠 먹게 됩니다. 저의 선물로 의뢰인뿐 아니라 그 주변 사람까지 웃음 지을 수 있다고 생각하면 기분이 더욱 좋아집니다.

이렇게 다른 사람에게 선물할 때, 무언가 주는 일에 마음이 설렙니다. 마치 산타클로스가 된 것처럼요. '자, 이번에는 누구를 웃게 만들어볼까?'라고 이리저리 궁리하며 선물하기를 즐기다 보면 상대방의 진심 어린 감동에 오히려 나 자신이 행복해집니다.

당신도 산타클로스가 되고 싶지 않나요? 핵심은 부담스럽지 않은 금액으로 꾸준히 지속하는 것입니다. 연인에게 생일 선물을 할 때도 자신에게 버거운 수준으로 선물을 준비한다면, 선물을 받는 사람도 엄청난 부담을 느끼게 될 것입니다. 그러니 주는 사람도 받는 사람도 부담이 되지 않는 선에서 하는 게 좋습니다. 너무 애쓰지 말고 꾸준히 이어가는 것을 목표로 삼기 바랍니다.

그리고 선물을 할 때는 보답을 바라지 않는 게 매우 중요합니다. 사실 사람이라면 이런 마음을 아예 안 갖기란 쉽지 않습니다. 하지만 '보답을 바라지 말아야지' 하고 다짐을 하는 것과 하지 않는 것은 천지차이입니다. 보답을 바라면 '이렇게 내가 해주는데' 하고 오만해지기 쉽습니다.

분명 고마운 마음을 전하기 위해 선물을 했는데, 이후에 보답을 바라면 상대는 선물의 의도 자체를 의심할 수도 있습니다. '고마운 마음을 형태로 전할 뿐 보답을 바라지 않는다'라고 산타클로스로서 규칙을 정해두면 좋습니다.

저는 고등학교 때 야구부를 은퇴했는데, 저희 아버지는 제가 야구부를 더 이상 나가지 않을 때도 야구부에 꾸준히 간식을 사가며 응원을 하셨습니다. 제가 현역으로 뛰는 것도 아닌데 왜 그

토록 돈과 시간을 쓰는지 당시에는 이상하기만 했습니다. 그런데 훗날 제가 지역 대회에 출전한 모교 야구부를 응원하러 갔을 때 현역 선후배며 졸업생까지 저를 모르는 이들이 모두 따뜻하게 대해줘서 무척 고마웠던 기억이 있습니다.

이처럼 마음을 전하는 데 보답이 꼭 필요한 것은 아닙니다. 아버지는 "남에게 베풀어라"라고 직접 말씀은 안 하셨지만, 행동으로 제게 더 큰 가르침을 주셨습니다. 나눔의 즐거움은 끝없이 누군가로 연결됩니다. 이게 바로 '행복의 연쇄'입니다.

중학교 교사인 J에게 커피 쿠폰을 선물한 적이 있습니다. 선물을 받고 J는 매우 기뻐했습니다. 나중에 들어보니, 그 후에 J는 친구에게 똑같은 커피 쿠폰을 선물했고, 선물을 받은 친구가 굉장히 좋아해서 선물한 J까지 행복해졌다고 했습니다.

이렇게 산타클로스 활동은 새로운 산타클로스를 계속 늘려갑니다. 생일 같은 이벤트에 작은 선물 주기, 여행지 기념품으로 마음 전하기처럼 다양한 방법으로 산타클로스 활동을 펼쳐보세요.

평소에 산타클로스 활동으로 사람들과 관계를 쌓으면 힘든 순간에 도움을 요청할 수도 있을 것입니다. 그런데 아무 연결점이 없다가 갑자기 도움을 청하면 '자기가 아쉬울 때만 연락하네' 하고 상대방은 고개를 돌려버릴 수도 있습니다. 주변 사람과 나누는 습관은 관계를 단단하게 다지는 일입니다.

산타클로스가 되어보세요. 좋아하는 것을 친구에게 선물하세요. 이것 또한 좋은 '나눔'입니다. 좋은 것을 혼자만 즐기면 너무 아깝잖아요.

좋아하는 음식을 먹어도 맛이 없고

사람들을 만나도 즐겁지 않은 날이 있다.

그런 날이면
따뜻한 물에 몸을 담그고 휴식을 한다.

몸이 편하면
마음도 편안해진다.

한계에
이르기 전에
조금씩

평소 자신이 생각하는 바를 사람들에게 솔직하게 이야기하나요? 아니면 하고 싶은 말을 솔직하게 말하면 사람들이 나를 싫어할까 봐 걱정하느라 말을 못 하나요? 혹시 후자라면 천천히 조금씩이라도 자신의 이야기를 시작해보세요. 마음속 말을 한꺼번에 쏟아내는 것이 아니라 조금씩 꺼내놓는 요령이 필요합니다.

연인에게서 연락이 오지 않는 상황을 예로 들어볼게요. 갑자기 너무 외롭고 쓸쓸한 마음이 들어서 연인을 당장 만나고 싶다는 생각이 듭니다. 연인이 내 마음을 먼저 알아채고 운명처럼 만나자고 연락해주기를 바라기도 하지요. 당장이라도 "지금 만나고 싶어!", "나 너무 외로워"라고 말하고 싶어집니다. 그런데 입장을 바꿔서 생각해보세요. 이 마음을 상대방은 알고 있을까요? 상대방도 나름의 사정이 있습니다. 중요한 프로젝트 준비에 정신이 없을지도 모르고, 잇단 회의로 바쁠지도 모릅니다. 그러니 먼저 상대방에게 힘이 되는 말을 전해보세요.

"일하느라 힘들겠다. 좀 정리되면 네가 제일 좋아하는 초밥 먹으러 가자! 오늘 만나고 싶어."
"바쁘지? 퇴근길에 잠깐 통화할 수 있을까?"

상대방을 배려하면서도 자신의 기분을 부담스럽지 않게 전할 수 있습니다. 결코 상대방만을 생각하라는 의미가 아니에요. 상대방에게도 사정이 있다는 걸 잊지 말고, 마음을 전하라는 말입니다.

외로움으로 힘들어하는 사람 가운데는 자기 생각을 전혀 꺼내지 않고 속으로 참기만 하는 사람들이 많습니다. 하고 싶은 말을 계속 참는 것이 습관처럼 굳어지면 더욱더 자기주장을 펼치는 일은 힘들어지고 말을 삼키는 데만 익숙해집니다. 그러다 보면 '어차피 내 생각은 별 의미 없을 거야' 하고 자신을 깎아내리기까지 합니다. 이런 일이 반복되면 외로움은 점점 더 커집니다. 그렇게 쌓이고 쌓이면 언젠가 한계치에 이르러 '펑!' 하고 터질 수도 있습니다. 폭발하기 전에 조금씩 꺼내놓으며 마음속에 찬 가스를 빼주세요.

상대방에게 피해 주는 걸 싫어하고, 혼자 감내하는 게 익숙한 사람은 자기만 참으면 모든 게 원만하게 흘러간다고 생각합니다. 그래서 혼자 참고 또 참습니다. 그런데 그런 사람도 한계가 있어서, 참고 참다가 결국 나중에 폭발해서 상대방에게 그동안 쌓인 걸 모두 쏟아냅니다. 하지만 상대방도 할 말은 있습니다.

"그때 말해줬으면 좋았잖아. 왜 이제 와서 말하는 거야?"

속마음은 말하지 않으면 절대 알 수 없습니다. 그러니 친구든 연인이든 동료든 하고 싶은 말이 생긴다면 솔직하게 말하는 게 좋습니다.

마음속 말을 전할 때도 요령은 필요합니다. 바로 '나(I) 메시지' 방법입니다. '나 메시지'에서 '나'는 주어입니다. "나는 ○○라서 ○○라고 생각해." 이런 식으로 말하는 것입니다. 예를 들어, 연인과 데이트를 하며 맛있는 음식을 먹고 있다고 해봅시다. 기분 좋게 데이트를 하고 둘이 함께 식사를 하러 왔는데, 연인이 말도 없이 계속 스마트폰만 보고 있습니다. 연인이 그러면 당연히 속상하고 화가 나겠지요. 당장이라도 상대방에게 스마트폰을 그만 보라고 말하고 싶지만, 그러면 왠지 그 자리가 불편해지고 관계도 서먹해질 것 같아서 참습니다.

그렇게 그냥 넘어가고 잊어버리면 문제가 되지 않습니다. 문제는 나중에 또 비슷한 상황이 오거나 다른 일로 다투게 될 때 "예전에 같이 밥 먹는데 계속 스마트폰만 봤잖아!"라는 말이 튀어나와버린다는 거지요. 충분히 이해는 합니다. 내 입장에서는 참을 만큼 참아서 이야기한 거니까요. 그런데 상대방의 입장은 어떨까요? 특히 전혀 상관없는 상황에서 그 이야기가 튀어나왔다면, 메시지의 핵심은 전달되지 않은 채 감정싸움만 일어날 수 있습니다.

그러니 전해야 할 말이 있다면, 참지 말고 그 자리에서 바로 이야기하세요. 그렇다고 거칠게 쏘아붙이면 오히려 역효과가 날 수 있으니, '나 메시지'로 솔직히 말해보세요.

"나는 음식이 식기 전에 같이 맛있게 먹으면 좋겠어."
"나는 너와 대화하면서 밥 먹고 싶어."

감정적이지 않게 당신의 기분을 상대방에게 명확하게 전달하는 게 중요합니다. '우리가 함께하는 시간인데 맛있는 음식에 집중한다면 나는 기쁠 거야'라는 당신의 기분과 메시지가 상대방에게도 제대로 전해질 거예요. 이처럼 감정의 한계가 오기 전에 '나 메시지'를 활용하여 조금씩 마음을 보여주세요.

한꺼번에 모든 생각을 쏟아내려 하지 말고 조금씩 적절한 단어를 고르며 마음을 전해보세요. 하고 싶은 말을 마음에만 쌓아두면 외로움도 쌓입니다.

4장

모든 일이 꽉 막혀
답답할 때

나를 '소중한 사람'으로 여길 때
'나는 나'로 살아간다

고독과 잘 지내고 있나요?

살다 보면 절망하는 순간도,

힘없이 축 처지는 순간도

찾아오기 마련이에요.

그럴 때일수록 마음속 고독을

따뜻하게 보듬어주세요.

나
자신에게
안부 묻기

자신의 생활을 찬찬히 짚어본 적이 있나요? 몇 시에 일어나서 몇 시부터 몇 시까지 일을 하고 몇 시에 잠을 자는지, 정확하지 않아도 좋으니 노트에 한번 적어보세요. 노트에 적어둔 기록을 보면서, 어떻게 생활하는지 객관적으로 파악해보면 허전하다고 느끼는 감정이 진짜 외로움인지, 과로에서 오는 피로감인지 알게 됩니다. 만약 몸이 피로한 상태라면 이런 감정은 몸 상태가 위험 수준에 이르렀다는 걸 알려주는 경고 신호일 수 있습니다. 이런 감정은 외로움과 아주 흡사한 형태를 띠지만, 사실 외로움이 아닐 가능성이 더 높습니다.

의뢰인 L은 회사에 중요한 일이 생겨서 아침 8시 반에 출근하고 새벽 1시에 퇴근하기를 반복하고 있었습니다. 휴일에 밀린 집안일을 하려는데, 갑자기 몸에 기운이 빠지고 무언가 하려고 해도 힘이 나질 않았습니다. 몸에 힘이 들어가지 않는 상태는 '이 이상 무리하면 신체가 망가진다'라는 몸이 보내는 경고입니다. L은 저에게 "마음에 구멍이 생긴 듯 너무 외롭고 쓸쓸해요"라며 마음속 병을 치유하고 싶어 했지만, 이는 진짜 외로움이 아닙니다. 과로로 인해 몸이 지칠 대로 지쳐서 생긴 증상이었지요.

자신에게 버거운 상황이어도 주변에 피해를 주거나 걱정을 끼칠까 봐 "괜찮다"라고 말하는 사람이 있습니다. 저도 한때 한 달 만에 체중이 15킬로그램이 빠지고 500원짜리 동전 크기의 원형 탈모가 생겼던 때가 있었습니다. 주변 사람들의 걱정에도 입버릇처럼 항상 "이 정도쯤이야 아무것도 아니에요. 괜찮아요!" 하고 웃어넘겼습니다. 사실 그때 저는 밑도 끝도 없이 찾아오는 짙은 외로움에 괴로워하고 있었습니다. 저조차도 원인을 찾지 못한 고독이라 더욱 힘들었지요. 나중에 돌이켜보니 원인은 역시나 과로였습니다. 당시 일이 한꺼번에 쏟아지면서 수면

겉과 속이 다른 말을 할 때가 있다.
그럴땐 마음속 나의 진짜 마음에 더 집중해야 한다.

사실 너무 힘들어요...

괜찮아요~

시간도 부족하고 밥도 잘 못 먹었으니 몸이 경고를 보낼 수밖에 없었지요.

많은 사람이 괜찮다는 말을 버릇처럼 합니다. 외로움이 찾아와도 표현하지 않고, 무조건 괜찮다고 하지요. 저는 그래서 상담을 할 때, 괜찮다는 말을 습관처럼 하는 의뢰인을 더욱 세심하게 살펴봅니다. 그리고 물어봅니다.

"지금 몸 상태는 어떤가요? 최상의 컨디션인가요?"

마음이나 기분에 대해서 물어볼 때는 무조건 괜찮다고 하던 의뢰인도 몸 상태에 대해 물어보면 "최고는 아니에요. 어제 회사에 일이 있어서요", "요즘 잠을 못 잘 때가 많아요", "밥을 먹으면 소화가 잘 안 돼요" 하고 솔직하게 말합니다. "괜찮다"라는 말에 포함되지 않은 진짜 자신의 상태를 털어놓는 거지요.

괜찮다는 말을 주의하세요. 그 말에는 보이지 않는 이면이 있습니다. 머리가 당신에게 "너는 지금 괜찮아"라고 말해도, 머리의 판단을 무조건 믿지 마세요. 정말 괜찮다고 생각해도 체중이 갑자기 줄지는 않았는지, 속이 불편하지는 않은지, 현기증이 생기진 않았는지 자신의 몸 상태를 점검하며 외로움인지 과로인지 확실히 분석해보세요.

몸과 마음에서 보내는 신호를 무시하다 병을 키우지 않도록 주의가 필요합니다. 경고 신호가 계속 울린다면 과감하게 지금의 환경을 바꾸는 선택지도 검토해보기 바랍니다. 지금의 환경을 바꾼다는 게 현실 회피는 아니에요. 도망치는 것도 아니고, 당신이 형편없다는 뜻도 아니에요. 그저 지금의 환경과 내가 맞지 않을 뿐입니다.

이직이나 독립을 계획할 때 "이 회사에서 버티지 못하면 다른 회사에서도 못 버텨"라고 말하는 사람들이 있지요. 그렇지 않아요. 사람마다 가치관이 다르듯 저마다 맞는 곳, 안 맞는 곳이 존재합니다. 저도 예전에 회사를 떠나려고 할 때 똑같은 이야기를 들었습니다. 하지만 퇴사 후 제가 원하는 일을 하면서 회사원 시절보다 심적으로 경제적으로 훨씬 여유로워졌습니다.

당신의 몸과 마음, 지금 최상의 컨디션인가요? 괜찮지 않은데 괜찮다고 말하고 있지 않나요? 스스로에게 꼭 한번 물어보세요. 조금이라도 괜찮지 않은 신호가 나타나면, 또 몸 어딘가에서 불편함이 나타나면 그 신호를 무시하지 마세요. 당신이 알아주길 바라며 몸이 보내는 마지막 경고일 수 있습니다.

내 삶의
역사는
길다

오랜만에 고향집 대청소를 하다가 선조분의 일기를 발견했습니다. 거기에는 "배급이 적다", "속에 탈이 나서 힘들다"처럼 전쟁을 경험한 선조의 소소한 일상과 솔직한 심정이 고스란히 적혀 있었습니다. 이 일기는 역사 기념관에 자료로 기증했지만, 선조들이 얼마나 고된 시간을 겪었는지 일기를 한 장 한 장 읽으며 느낀 감정은 마음 깊이 남았습니다.

일기를 쓴 선조는 지금의 저보다 젊은 나이에 최선을 다해 혹독한 현실과 맞섰습니다. 어떤 마음으로 일기를 썼을지 생각만 해도 가슴이 먹먹해집니다. 지금 제가 살아 숨 쉴 수 있는 것은 어쩌면 선조부터 이어져 내려온 생명의 끈 덕분일 것입니다. 오랜 선조 시절부터 저와의 사이에 한 번이라도 생명의 끈이 끊어졌다면 지금의 저는 존재하지 않겠지요.

생명의 끈이 지금껏 이어져 왔기에 현재 우리가 살아 있습니다. 때때로 너무도 외로워서 삶을 포기해버리고 싶은 순간이 옵니다. 저도 일이 잘 풀리지 않고 매일같이 야근으로 지쳐 있을 때 갑작스러운 체중 감소와 원형 탈모를 겪었습니다. 일은 많은데 하는 일마다 실패라는 생각에 미래가 깜깜하던 때였습니다. 날마다 절망 속에서 허우적거렸지요.

만약 당신이 지금 이런 마음으로 힘들어하고 있다면 '생명의 끈'에 대해 생각해보기를 바랍니다. 나의 생명은 나 혼자만의 것이 아닙니다. 나만의 소유가 아니라 나의 부모님, 부모님의 부모님, 그리고 더 위로 올라가서까지 연결된 선조들이 힘들게 지켜서 소중하게 전달해준 생명의 끈이라고 생각해보세요.

비록 지금과 같은 시대는 아니어도, 과거의 선조들도 지금의 우리처럼 힘든 순간이 많았을 거예요. 포기하고 싶은 순간도 많았을 거고요. 그런 역경과 고난 속에서 애써 지켜낸 생명의 끈입니다. 힘들게 지켜낸 생명의 끈이 지금 오늘까지 이어진 겁니다.

오늘의 삶에 감사하면서 이 끈을 전해준 선조에게 인사를 드려보면 어떨까요? '고맙습니다', 그리고 '온 힘을 다해 오늘을 살겠습니다' 하고 다짐해보세요.

조부모가 살아 계시면 우리가 모르는 과거 이야기를 물어보세요. 많이 묻고 많이 들어보세요. 저희 할아버지는 목수여서 어릴 때 길을 걸을 때마다 "이 집을 할아버지가 지었다", "저 집 기둥을 내가 세웠지"라는 이야기를 들으며 자랐습니다. 그런 이야기를 듣고 자라서인지 저는 지금도 그 마을을 지날 때면 자랑스러운 마음이 듭니다.

할아버지와 할머니의 무용담을 들어보세요. "일을 그만두고 회사를 세우셨다고요? 정말 멋져요", "주변에서 반대하는 결혼이라니, 영화 같아요!"라고 말할 만큼 의외의 발견을 하게 될 지도 모릅니다.

또 나이 지긋한 분과 만날 기회가 있다면 적극적으로 관계를 만들어보세요. 우연히 참가한 동네 도서관의 이야기 모임에서 오래된 역사 이야기를 무척 인상 깊게 들었던 적이 있습니다. 인터넷과 SNS가 발달한 시대에 살고 있지만, 사실 세대를 뛰어넘는 교류는 많지 않아요. 이런 연결이야말로 삶을 단단하게 만드는 귀중한 관계입니다.

이 글을 읽는 누군가는 '지금은 누구와 있어도 허무하기만 하고 누군가를 만날 에너지도 없다', '선조들에 관해 아무것도 모른다'라고 생각할 수도 있습니다. 하지만 꼭 구체적인 누군가를 떠올리지 않아도 좋습니다. 먼 과거부터 이어져온 지금 이 순간에 감사하는 마음을 갖는다면 그것으로 충분합니다.

당신의 오늘은 아주 오랜 시간 온 힘을 다해 지켜낸 생명의 끈 덕분에 존재합니다. 지금 아무리 힘들어도 당신이 여기 존재한다는 것 자체가 가치 있습니다.

비가 와도
산책을
즐길 줄 아는 사람

어릴 때는 여러 규칙 속에서 살았던 것 같습니다. 특히 학창 시절에는 '복도에서 뛰지 않기', '낙제점을 받으면 추가 시험', '학년이 올라가면 새로운 반 배정'처럼 여러 규칙이 있었지요. 그런데 어른이 되면 그런 규칙들은 사라지고 뭐든지 스스로 정해야만 합니다.

하지만 어른이 되어도 어느 정도 자신만의 규칙이 필요합니다. 어떤 상황에서도 자신의 규칙을 지켜 몸과 마음을 건강하게 유지하기 위해서입니다. 그러려면 우선 자신의 가치관에 대해 생각해봐야 합니다.

내가 나에게 선물하는 일상의 규칙들

당신은 인생에서 특히 중요하게 생각하는 규칙이 있나요? 계속 도전하는 삶, 가족과 보내는 느긋한 시간 등 어떤 것이든 좋습니다. 저는 최대한 많은 사람들에게 '어떤 상황에서도 당신은 가치 있는 존재'라는 메시지를 전달하는 것을 중요시합니다.

신기하게도 저는 인생에서 중요한 것을 정하고 나자 친구의 문자 메시지에 기분이 좌우되거나, SNS의 '좋아요' 숫자로 불안해지는 시간이 사라졌습니다. 주변 환경에 마음이 휩쓸리는 일도 없어졌고요.

그리고 또 다른 하나는 '외로움이 나를 짓누를 때는 나 자신을 돌보는 데 집중하기'입니다. 이 세상에 나 혼자라는 생각이 들 때면 좋아하는 마사지와 음식을 즐기고, 욕조에 몸을 푹 담갔다가 가볍게 스트레칭을 한 후 따뜻한 우유 한 잔을 마시고 일찍 잠자리에 듭니다. 마음이 복잡할 때도 적용하는 나만의 규칙입니다. 이 규칙을 따른 다음 날이면 확실히 마음이 가볍고 헛헛한 마음도 사라집니다.

자신만의 규칙이 없으면 외로움이라는 감정이 몰아칠 때 주체적으로 자신을 추스르기가 어렵습니다. 자신도 모르게 의미 없이 스마트폰을 만지작거리며 밤새우는 일도 드물지 않지요. 그래서 순간의 감정과는 상관없이 자신을 움직일 수 있는 규칙이 필요합니다. 당신은 어떤 규칙을 갖고 있나요?

또 당신은 어떤 인생을 꿈꾸나요? 어떤 삶을 살고 싶은지 테마를 정해 그런 삶을 사는 데 필요한 자기 규칙을 만들어보세요. 저의 또 다른 규칙을 소개하자면 '웬만큼 큰 비나 태풍이 아닌 이상 오후 다섯 시에 산책하기'가 있습니다.

한번은 빗속을 산책하는데 이웃 아저씨가 "이렇게 비가 많이 오는데 산책하면 감기 걸려요!"라고 말씀하셨답니다. 비 오는 날에 산책이라니 아마 제 모습이 조금 특이하게 보였나 봅니다. 하지만 그래서 좋은 게 아닐까요? 비가 와도 산책을 즐길 줄 아는 사람. 저는 제가 그런 사람이라서 좋습니다.

주변 환경이나 상황을 신경 쓰며 다른 사람이 생각하는 보통이나 상식에 얽매이느라 자신을 잃어가는 사람이 많습니다. 세상의 지표대로 자신의 신념을 끼워 맞추고, 남의 평가에 자신의 가치관을 흔들지요. '나는 나'임을 명심하고 자신의 신념과 가치를 중시하면서 자신만의 규칙을 설정해보세요.

자신만의 규칙을 만들어보세요. 남의 눈이 아니라 나의 기준으로 나를 성장시켜야 합니다. 다른 사람들의 말에 너무 좌우될 필요는 없습니다. 설령 남들이 조금 이상하게 보면 어떤가요? 그게 바로 나인걸요. 고독도 마찬가지예요. 때때로 고독을 느끼는 것도 당신의 고유한 것이에요.

지금보다
좀더
나은삶

'나는 왜 항상 이 모양일까? 나를 완전히 바꾸고 싶어.'
'외로움으로 괴로워하는 내가 한심해.'

나 자신이 마음에 안 들 때가 있습니다. 이런 생각에 사로잡힌 날은 자존감이 바닥을 칩니다. 스스로를 바꾸고 싶다고 생각해도 실제 행동으로 옮기기란 좀처럼 쉽지 않습니다. 이럴 때 활용하기 좋은 방법이 있습니다.

혹시 중학생 때 영어 수업에서 배웠던 'If 가정법'을 기억하나요? '만약 ~였다면 ~할 텐데'라는 뜻으로 상황을 가정하는 방법입니다. 저는 멘탈 트레이닝을 할 때 가정법을 자주 사용합니다. 예를 들어, "자유롭게 쓸 수 있는 1천만 원이 생긴다면 어떻게 쓸까요?" 같은 질문을 의뢰인에게 건네는데, 질문은 하나지만 대답은 수백 가지입니다.

질문을 받으면 의뢰인들은 시력 교정 수술을 하고 싶다거나, 회사를 그만두고 세계 일주를 하고 싶다거나, 유학을 가고 싶다는 등 여러 가지 희망사항을 이야기합니다. 이 질문의 포인트는 임시로 돈이 들어오고 사용처가 자유롭다는 점입니다. 실제로 회사에서 예상치 못한 보너스를 받더라도 가족과 미래를 먼저 생각하기에 돈을 어떻게 쓸지 자유롭게 생각할 수 없습니다.

어느 날 한 의뢰인이 어떻게 해야 자신감이 생기는지 궁금하다고 했습니다. 실제로 멘탈 트레이닝을 해보면 자신감에 관해 묻는 의뢰인들이 굉장히 많습니다. 상담의 주제가 자신감인 경우도 있지요. 이런 질문을 받으면 저는 의뢰인에게 가정법으로 질문합니다.

"만약 당신이 외로울 때, 외로움에 지지 않을 만큼 자신만만하고 당당한 사람의 영혼이 당신의 몸속으로 들어온다면 어떻게 될 것 같나요?"

그리고 이어서 하는 질문에 '자신감이 넘치는 사람의 영혼이 들어와 있는 것'처럼 대답해달라고 요청합니다. 우리가 재미 삼아서 했던 '만약에 내가 세계 최고 부호라면?' 같은 가정법을 적용해서 대답해보는 거예요. 대부분의 의뢰인들은 처음에는 어리둥절해합니다. 어떻게 해야 할지 몰라서 난감해하지요.

"실패했을 때 자신만만한 그 사람은 어떻게 말할까요?"
"이런 상황에서 그 사람은 어떤 태도를 보일까요?"

이런 질문을 몇 차례 하다 보면 처음에는 어색해하던 의뢰인들도 "지금 실패하는 게 뭐? 다음에는 반드시 성공할 텐데!"라고 대답하며 달라진 모습을 보입니다. 가정법을 통한 이미지 트레이닝을 하는 거예요.

우리는 모두 자신감 넘치는 사람이고 싶어 합니다. 어디서든 주눅들지 않고 당당한 모습이길 원하지요. 그런데 정작 자신감 넘치는 사람이 어떤 말과 생각을 하는지는 구체적으로 생각해본 적이 없습니다. 그래서 이미지 트레이닝으로 자신감 있는 사람의 이미지를 떠올리며 자신만만한 상태를 직접 체험해볼 수 있도록 합니다.

저는 사람들에게 인생의 무한한 가능성에 대해 이야기합니다. 지금 아무리 고독과 외로움으로 어찌할 바 모르는 상태일지라도 이미지 트레이닝으로 무한한 가능성을 발견할 수 있다고 믿습니다. 이미지 트레이닝이 잘 되지 않는다고요? 그건 떠올릴 만한 이미지 샘플이 부족하기 때문입니다. 당신이 이상적으로 생각하는 롤모델이 어떻게 행동하는지 잘 모르는 거지요. 이런 경우에는 책이나 영화를 적극적으로 활용해서 샘플을 가능한 한 많이 모아보세요.

외로움이 나를 뒤덮을 때도 가정법을 통한 이미지 트레이닝을 하면 됩니다.

"만약 이 상황에서 그 사람이라면 어떻게 할까?"

"그 사람은 외로울 때 무엇을 할까?"

닮고 싶은 롤모델이 있다면 그 사람을 스스로에게 적용시켜서 생각해보세요. 가정법을 잘 활용하면 여러 관점으로 상황을 풀어갈 수 있습니다. 혼자서 끙끙대기보다 가정법으로 시선을 달리하여 생각하는 편이 훨씬 쉽게 답을 찾을 수 있습니다. 만화나 영화에서 주인공이 위기의 순간에 "만약 ○○였다면 어떻게 할까?" 하고 가정법을 이용해 상황을 돌파하는 장면이 나오는 데는 분명 이유가 있습니다.

당신이 아는 사람 중에 가장 자신감 넘치고 멋진 사람을 떠올려보세요. 자신감 넘치는 사람이라면 지금 어떻게 행동할까요? 등은 꼿꼿하고 시선은 당당하게 앞을 향해 있겠지요. 그 사람이 바로 당신 자신이라고 생각해보세요. 아마 등이 저절로 펴질 거예요. 생각을 바꾸면 태도가 바뀌고, 태도가 바뀌면 생각도 바뀝니다.

이별이 있기에
사람은
강해진다

만남이 있으면 이별도 있습니다. 이별은 어떤 관계든 힘들고 쓸쓸함을 안겨줍니다. 그래도 가능한 한 긍정적으로 받아들일 수 있도록 관점을 약간 달리해보면 어떨까요? 이 세상 모든 것에 이별과 만남이 있다고 생각하는 것입니다.

학창시절을 떠올려보면 학년이 바뀔 때 같은 반 친구들과 헤어지는 게 참으로 아쉬웠습니다. 어릴 적에는 그 친구들과 헤어지기 싫어서 울기도 많이 울었습니다. 그 친구들만이 영원한 친구일 것 같고, 더 끈끈한 친구는 만날 수 없을 것 같기도 하지요. 그런데 새 학년이 돼서 새로운 친구들을 만나면 또 다른 친한 친

이별이 있으면 만남도 있는 법

구가 생깁니다. 이전에는 몰랐던 친구들을 만날 기회를 얻게 된 거지요. 어쩌면 이별은 우리에게 새로운 기회를 주는 것일 수도 있습니다.

저는 의뢰인을 만나러 전국 각지를 방문하는데, 멘탈 트레이닝을 하고 돌아오는 길이면 늘 외로운 기분이 듭니다. 한번은 대면 트레이닝을 하기 위해 도야마현에 갔다가 돌아오는 기차를 타기 직전이었습니다. 우뚝 솟은 다테야마 산봉우리의 근사한 경치를 보니 도야마현을 떠나기가 아쉬웠습니다.

대면 트레이닝은 보통 2박 3일의 짧은 일정이라 관광을 할 만한 여유가 없습니다. 일정이 짧으니 해당 지역의 유명한 요리는 꿈도 못 꾸고 샌드위치나 간단한 음식으로 끼니를 때우기 일쑤이지요. 유명 관광명소가 코앞에 있어도 일정 때문에 서둘러 지나쳐야 합니다. 그럴 때면 씁쓸한 마음까지 드는데, 이런 아쉬움이 다음에 다시 그 지역을 찾아가는 동기가 되기도 합니다.

아쉬움이 다음 방문의 동기가 되듯 헤어짐을 만남의 기회로 인식해보면 어떨까요? 헤어진다고 추억까지 사라지는 건 아니니까요. 추억은 마음속에 남습니다.

몇 년 전, 자주 들르던 서점이 문을 닫았습니다. 그 서점은 저를 독서광으로 만들어준 곳이기도 해서 제게는 특별한 곳이었습니다. 서점에 가면 '오늘은 어떤 책과 만나게 될까?' 하며 설렜고, '지금의 위기를 어떻게든 극복하겠어!' 하고 책에서 힌트를 찾으려 노력하게 만들기도 했지요. 모두 잊을 수 없는 기억입니다. 그래서 문에 붙은 폐점 안내문을 봤을 때는 마음이 영 좋지 않았습니다. 내 인생의 한 조각이 떨어져 나가는 듯한 마음이었지요.

하지만 서점이 사라져도 저는 여전히 독서를 사랑하고, 새로운 책을 만나면 설레고 신이 납니다. 추억이 가득한 서점을 더 이상 가지 못하는 건 아쉽지만, 서점에서의 좋았던 기억들과 서점 덕분에 생긴 저의 습관은 여전합니다.

그래서 저는 서점과의 이별을 다른 관점으로 보았습니다. 서점이라는 장소가 사라졌을 뿐, 진짜 사라진 건 아니라고요. 그곳에서의 추억은 여전히 제 마음속에 남아 있고, 저는 그 추억을 안고 앞으로의 삶을 계속 살아갈 테니까요. 그 추억이 제가 힘들 때마다 저를 잡아줄 마음의 버팀목이 되어줄 거라 믿고 있습니다.

고교 시절 야구선수 생활을 마무리하며 블로그에 긴 글을 썼습니다. 당시 블로그에 "나에게 야구를 빼면 아무것도 남지 않는다"라고 적었습니다. 그 시절 저에게 야구는 삶의 1순위라 할 정도로 정말 중요했거든요. 그러자 친구가 그 글에 "진심으로 야구를 즐겼구나! 정말 존경스럽다"라고 댓글을 남겨주었습니다. 저는 야구에서 멀어져 번아웃 증후군까지 겪었습니다. 인생에서 소중한 것과 이별해본 경험이 있다면 이해할 것입니다. 이별은 아주 고통스럽지만, 삶이 무엇인지 생각해볼 계기를 만들어주기도 합니다.

번아웃 증후군을 겪은 덕분에 독서라는 취미를 새롭게 만날 수 있었습니다. 야구에서 멀어지지 않았다면 아마 독서에 빠지지 않았을 것입니다. 어쩌면 헤어짐은 나 자신을 만드는 재료 중 가장 중요한 것일지도 모르겠습니다.

이별은 언젠가 반드시 극복할 수 있어요. 이별이 있기에 새로운 만남이 있다고 생각하면 강해질 수 있어요. 외로움도 슬픔도 불안도 당신의 인생에 작디작은 부분이라는 걸 잊지 마세요.

헤어짐은 우리에게 더 많은 새로운 기회를 주기도 한다.

행복하다고
말하면
행복해진다

코로나19는 우리에게 많은 변화를 안겨줬습니다. 출근 대신 재택근무를 하고, 외출을 삼가고 집에서 보내는 시간이 늘었습니다. 업무 방식은 물론이고 생활 방식도 모두 바뀌었지요. 집에서 혼자 시간을 보내는 걸 즐기는 사람도 많지만, 집에 있고 싶어서 있는 것과 집에만 있어야 하는 것은 전혀 다른 이야기입니다. 실제로 집에 혼자 있는 시간이 많아지면서 우울증을 겪는 사람들도 많아졌다고 합니다.

저를 찾아온 사람들도 많았습니다. 대체로 외로움 때문이었지요. '나는 대체 뭘까?', '어쩐지 쓸쓸해' 같은 생각에 사로잡힌 사람들이 많았습니다. 저는 그런 의뢰인들에게 항상 한 가지를 꼭 해보라고 제안합니다.

"아, 실수했다! 행복해."
"좋아하는 사람한테 답장이 안 오네…. 행복해."

이렇게 뭔가 뜻대로 되지 않을 때일수록, 마음이 착잡할 때일수록 말끝에 "행복해"를 붙여서 소리 내어 말하는 것입니다. 처음에는 어색할 수 있지만 습관을 들이면 일에서 실수해서 낙담할 때도 "일이 있다는 것 자체가 행복한 거지", "실패했다는 건 도전했다는 뜻이야"라고 말할 수 있게 됩니다. 말을 할 수 있게 된다는 건 그 상황을 인정한다는 뜻이고, 최대한 긍정적으로 받아들인다는 뜻이기도 합니다.

말의 힘은 강합니다. 가끔 행복하다는 말 한마디가 무엇을 바꿀 수 있느냐고 묻는 의뢰인들이 있는데, "행복해"라는 말에 담긴 에너지는 부정적인 상황에서도 생각을 긍정적으로 바꾸어놓을 만큼 강력합니다.

혼자 사는 의뢰인 Y는 재택근무를 시작하면서 온종일 한마디도 안 하는 날이 반복됐습니다. 누구와도 대화하지 않는 일상을 보내면서 Y는 이전에 느끼지 못했던 강한 외로움을 느껴 저를 찾아왔습니다. 저는 Y에게 혼자라고 느껴질 때마다 "행복해"라고 소리 내어 말해보라고 했습니다. 여느 의뢰인들처럼 Y도 처음에는 "그게 무슨 효과가 있나요?"라고 물으며 반신반의했습니다. 그리고 몇 주 후 다시 만난 Y는 확실히 달라 보였습니다.

"나만의 시간이 있다는 게 감사한 일이라는 걸 깨달았어요!"

그저 행복하다고 소리 내어 말했을 뿐인데, 가라앉았던 기분이 나아지고 마음이 바뀌었다고 했습니다. 한숨 섞인 말을 할 때도, 자책하는 말이나 남 탓하는 이야기를 할 때도 말끝에 "행복해"라는 말을 의식적으로 붙였더니 생각도 달라졌습니다.

이 방법은 쓰기와 말하기를 동시에 할 때 그 효과가 더욱 커집니다. 노트에 "행복해"라고 쓰면서 손과 눈으로 행복 에너지를 충전하고, "행복해"라고 말하면서 입과 귀로 한 번 더 행복 에너지를 충전하는 것입니다.

세상에서 가장 쉽게 행복해지는 법

당신이 하는 모든 말끝에 행복하다는 말을 붙여보세요. 실패해도 혼나도 나 홀로 남겨져도 "행복해"라고 소리 내어 말하면 마음이 한결 가벼워지는 걸 느낄 수 있을 거예요.

친구들을 만나면 즐겁다.

잘가~ 다음에 또 보자~

친구들과 떠들고 돌아오는 길.

왠지 모르게 평소보다 더 쓸쓸하다.

외롭다...

외로움과
사이좋게
지내는 법

누구나 외로움을 느낍니다. 외로움을 느끼지 않는 사람은 없지요. 겉으로 보기에 고민도 없고, 좋은 직장에 다니면서 높은 연봉을 받고, 하고 싶은 일을 하면서 사는 사람도 드러내지 않을 뿐예외 없이 외로움을 느낍니다.

그런데 우리는 가끔 착각합니다. 특히 SNS를 보면 이 세상에 외롭고 고독한 사람은 오직 나뿐인 것 같지요. SNS에서 너무나 잘 살고 있는 친구들도 말을 안 했을 뿐 모두 고독하고 외롭습니다. 드러내지 않을 뿐 다들 외로움을 느낍니다.

많은 사람과 어울리다가 집에 돌아와 혼자일 때 외로움을 강하게 느낀다고 말하는 의뢰인들이 많습니다. 오랜만에 친구들을 만나 재미있게 웃고 떠들면서 시간을 보내고 집에 돌아오는 길, 어디 숨어 있었는지 알 수 없는 외로움과 쓸쓸함이 불쑥 튀어나오는 걸 느낀 적이 있나요? '나만 이렇게 외로운 걸까?' 집에 돌아가는 내내 이런 생각을 해본 적은요? 이런 감정을 느껴본 적이 있다면, 당신은 지극히 평범한 사람입니다.

외로움은 누구나 느낍니다. 우리는 이 외로움이라는 감정을 무조건 지워버리려고 합니다. 왠지 가라앉고 부정적인 기운이 있는 감정이라고 느껴지기 때문이지요. 하지만 저는 이 감정을 없애려 하지 않습니다. 오히려 직면하려고 합니다.

우리 모두의 마음속에는 '고독'이 살고 있습니다. 이 마음은 기쁨, 슬픔, 분노처럼 너무나 당연하고 필요한 것입니다. 그러니 자신 안에 있는 고독을 부정하지 마세요. 받아들여주세요. 받아들인다는 표현이 너무 추상적이라면 '보듬어 안다', '감싸 안다'라는 이미지를 떠올리면 좀 더 이해하기 쉽습니다.

세상에 나만 혼자인 것 같은 외로움

누군가를 향한 시기와 질투

내 마음을 몰라줘서 오는 서운함

이런 감정들이 싫어도 외면하지 말자.

이 감정들이 모여 나를 만들었으니.

외롭다는 기분이 들면 우선 그 감정에 깊이 빠지지 않도록 멈추세요. 그런 다음 그 감정의 '존재'를 부정하거나 외면하지 말고 직면한 채 그대로 인정해보세요. 싫어하는 음식이 눈앞에 있다고 가정해봅시다. 그 음식이 싫다고 해도 이 세상에서 그 음식을 모조리 없앨 수 있을까요? 아마 그런 생각도 하지 않을 것입니다. 나는 그 음식을 싫어하지만, 세상에 그런 음식이 있다는 것 자체를 부정할 수는 없는 것이지요.

감정도 마찬가지입니다. 고독하고 쓸쓸한 감정을 느끼는 건 싫을 수 있지만, 외면하지는 마세요. 그냥 '나는 지금 외로움을 느낀다'라고 감정을 있는 그대로 인정하세요.

SNS에는 풀코스 마라톤을 완주한 사진, 하와이로 신혼여행을 간 사진 등 이벤트가 가득한 눈부신 순간들이 넘쳐납니다. SNS에 올라오는 그런 사진들을 보며 자신만 고립된 것 같고 동떨어져 있다고 느낀다면 차라리 SNS를 보지 않는 것을 추천합니다. 이런 게시물에 휘둘리지 않도록 스스로 주의해야 합니다. 글을 올리는 사람은 불특정 다수에게 보여주고 싶고 드러내고 싶은 좋은 부분만을 더 강조해서 올린다는 걸 기억하세요.

물론 남과 비교할 때 부러운 마음이 드는 것은 무척 자연스러운 일입니다. 옆집 마당의 잔디가 우리 집 마당의 잔디보다 언제나 푸르게 보이기 마련이니까요. 하지만 다른 사람의 게시글에서 반짝거리는 순간을 보고 자신과 비교하며 부러움을 느끼거나 우울해하는 것은 좋지 않습니다.

자신의 감정을 부정하지 말고, 남과 비교하며 괴로워하지도 마세요. 반짝반짝 빛나는 저 사람도 분명 외로움을 느낍니다. 누구에게나 마음속에 '고독'을 품고 살아갑니다. 나의 마음속에 사는 고독과 사이좋게 지내보세요.

더
행복해져도
괜찮아요

모든 일이 생각대로 되지 않고 시련을 겪는 데 익숙한 사람은 갑자기 일이 술술 풀리면 어쩐지 불안하고, 행복하면 오히려 겁을 먹기도 합니다.

대학생 A는 멘탈 트레이닝을 받으면서 예전에는 잘 못했던 의사 표현도 확실하게 하게 되고, 자신에게 막 대하던 친구의 부탁도 거절할 줄 알게 됐습니다. 그 후 인간관계도 원만해지고, 좋아하는 사람과 교제도 시작하는 등 여러 가지로 순조로운 일상을 보냈습니다. 그런데 A는 그런 일상을 너무 불안해했습니다.

"이상하게 들릴지 모르겠지만, 이렇게 인생이 너무 잘 풀려도 괜찮은 걸까요?"

누군가는 복에 겨운 고민이라고 할 수도 있지만 A 자신은 매우 진지했어요. A가 이런 감정을 느끼는 것은 지금까지 친구에게 상처를 받거나, 잇따른 실수로 아르바이트 자리에서 해고되는 등의 경험을 하면서 일이 잘 풀리지 않는 게 일상이 되었기 때문입니다. 평탄한 일상이 A에게는 오히려 이벤트처럼 느껴졌던 것입니다. 저는 A에게 행복해져도 괜찮다고 말해주었습니다. 지금보다 더 행복해도 괜찮다고요.

외로움에 익숙해지면, 갑자기 좋은 일이 잇달아 일어나는 순간에 또 불안감이 엄습합니다. 마치 내 것이 아닌 선물을 안고 있는 것처럼 불안해지지요. 하지만 더 행복해져도 괜찮습니다.

"부모님께 심한 말을 잔뜩 쏟아 부었으니 나는 행복해지면 안 돼요." 이렇게 생각하는 의뢰인도 있었습니다. 괜찮아요. 자신의 잘못을 인정하고 반성하는 사람은 인생에서 행복을 누릴 만한

사람들은 때때로 행복해지는 걸 두려워한다.

우리는 모두 행복할 자격이 있다.

자격이 충분합니다.

"행복해져도 돼."
"행복해져도 돼."
"행복해져도 돼."

자, 소리 내어 따라 해보세요. 자신에게 행복해져도 된다고 허락해주세요. 스스로 허락하기 어렵나요? 누군가의 허락이 필요하다면 제가 허락할게요. 당신은 행복해져도 됩니다.

멘탈 트레이닝에서는 의뢰인의 진짜 마음을 끄집어내기 위해 생각을 정리하고 자기 의견을 명확하게 하는 트레이닝을 합니다. 그러려면 자신의 이상향이 분명해야 해요.

행복은 자기 안에 있습니다. 앞에서도 이야기했지만 외로움을 느낀다는 것은 자신의 '안'이 아니라 '밖'에 초점을 맞추고 있다는 뜻입니다. 의뢰인들에게 "당신에게 행복이란 무엇입니까?"라고 물으면 굉장히 다양한 대답이 돌아옵니다.

"친구들과 원만하게 지내는 것."

"꿈꾸는 내 모습이 되는 것."

"성공하는 것."

정답은 없습니다. 행복은 자기 마음속에 있습니다. 어떤 이는 여행할 때 행복하고, 어떤 이는 집에서 편히 쉬며 행복을 느낍니다. 행복의 형태는 모두 달라요. 만약 당신의 행복이 쉽게 성취하기 어려운 것이라 해도 괜찮습니다. 행복을 실현하는 데 정해진 확률은 없으니까요. 자신의 꿈을 향해 한 걸음씩 나아갈 권리는 당신에게 있고, 그 과정도 반드시 행복할 거예요. 그러니 행복해져도 된다고 자신에게 허락을 내려주세요.

행복해져도 괜찮아요. 지금까지 어떤 인생을 살아왔든, 얼마나 힘든 시간을 보냈든 상관없어요. 이 순간부터 행복해지면 됩니다. 행복의 모양은 모두 제각각이고, 그 모양을 갈고닦는 건 자기 몫이에요. 그럼 이제 마지막 질문을 하겠습니다.

"행복해질 준비가 되었나요?"

어떤 상황에서도 당신은 변할 수 있다

끝까지 읽어주셔서 감사합니다. 마지막으로 이 책에서 가장 전하고 싶었던 이야기를 하려고 합니다. 제 삶에서 중요하다고 말했던 '어떤 상황에서도 당신은 가치 있는 존재'에 대한 이야기입니다.

당신이 지금 어떤 상황에서 이 책을 읽는지 알 수 없지만, 얼마나 깊은 절망을 느끼고 있든지 당신은 가치 있는 사람입니다. 중요한 점은 '어떤 상황이든, 어떤 상태든' 입니다.

이 책을 집필하면서 저는 과거에 끌어안고 있던 외로움을 다시금 떠올렸습니다. 대학생 때 휴일에 누구도 만나지 않고 땅이 꺼지도록 한숨을 쉬면서 '앞으로 어떻게 하나…' 하고 우울했던 기억. 회사를 다닐 때 야근이 너무 많아서 매일 아침 출근하는 게 고통스러웠던 기억. 분명 당시에는 다 힘들고 너무 외로웠는데, 지금은 모두 추억이 되었습니다. 지금은 그때 겪었던 일들도 모두 긍정적인 의미가 있었다고 믿습니다.

제가 변했듯이 저와 함께하는 의뢰인들도 변해갑니다. 처음에는 부정적이었던 의뢰인도 점차 "지금이 인생에서 가장 재미있어요"라며 활기찬 나날을 보냅니다. "이렇게나 달라질 수 있다니, 더 빨리 멘탈 트레이닝을 받을 걸 그랬어요!" 하고 고마운 말씀도 해주십니다. 이 모든 것들이 감사할 따름입니다.

요즘 저는 정말 행복합니다. 많은 의뢰인을 만나면서 사람의 무한한 가능성을 보았습니다. 그리고 확신하게 되었습니다. 의지만 있다면 우리는 변할 수 있습니다. 행복해져야겠다고 결심한다면 누구나 변할 수 있습니다.

부모, 상사, 친구 등 곁에 있는 사람을 '내 편'이라고 생각하나요? 아니면 '적'이라고 생각하나요? 직장 상사가 어떤 조언을 했을 때, 그 사람이 내 편이라고 생각하면 우리는 조언을 들었다고 느낍니다. 반면 적이라고 생각하면 혼났다고 느끼지요. 같은 말이라도 어떻게 받아들이느냐에 따라 완전 다르게 해석되는 것입니다.

어쩌면 지금 느끼는 외로움의 원인도 주변 사람을 적이라고 생각하기 때문일지 모릅니다. 예전에 저는 주변 사람을 적으로 바라봤기에 무시당하거나 비웃음당하는 것이 두려워 전전긍긍했습니다. 당연히 저의 약한 모습도 드러내지 못했지요. 그러나 주변 사람을 내 편이라 생각하니 점차 마음이 변해갔습니다. 속으로 끌어안고만 있던 속내를 말할 수 있게 됐고, 인간관계에서도 무조건 참지 않으면서 좋은 관계를 맺는 법을 알게 됐지요.

이토록 자기가 어떤 자세로 사람과 사물을 바라보는지가 중요합니다. 이런 자세는 학교에서도 회사에서도 가르쳐주지 않습니다. 당신도 주변 사람을 내 편이라고 생각하며 애정을 가져보세요. 원활한 인간관계가 형성되고 외로움을 느끼는 일도 자연히 줄어들 것입니다.

삶을 대하는 태도와 나만의 가치를 만들어가는 법을 이 책에 담으려 노력했습니다. 특히 불쑥불쑥 나타나는 고독과 친해지는 방법을 이야기했습니다. 단 한 가지라도 당신의 삶에 도움이 됐다면 저자로서 더없이 기쁘겠습니다. 이 책을 통해 자기 자신을 믿으며 앞으로 나아가기를 진심으로 바랍니다.

고독과 함께해도 언제나 행복하기를 바라며
고야마 아키노리

세상에
나 혼자라고
느껴질 때

1판 1쇄 발행	2021년 11월 26일
1판 3쇄 발행	2022년 10월 24일

글	고야마 아키노리
그림	마현주
번역	최화연

펴낸이	김봉기
출판총괄	임형준
편집	안진숙, 김민정
디자인	호우인
마케팅	선민영, 최은지, 정상원, 이정훈

펴낸곳	FIKA[피카]
주소	서울시 서초구 서초대로 77길 55, 9층
전화	02-3476-6656
팩스	02-6203-0551
이메일	book@fikabook.io
등록	2018년 7월 6일(제2018-000216호)

ISBN	979-11-90299-25-1 03830

피카 출판사는 독자 여러분의 아이디어와 원고 투고를 기다리고 있습니다.
책으로 펴내고 싶은 아이디어나 원고가 있으신 분은 이메일 book@fikabook.io로 보내주세요.